AF571347

SAYAT-NOVA
ՍԱՅԱԹ-ՆՈՎԱ

Odes arméniennes

5-7, rue de l'École-Polytechnique ; 75005 Paris

L'HARMATTAN, ITALIA s.r.l.
Via Degli Artisti 15 ; 10124 Torino
L'HARMATTAN HONGRIE
Könyvesbolt ; Kossuth L. u. 14-16 ; 1053 Budapest
L'HARMATTAN BURKINA FASO
1200 logements villa 96 ; 12B2260 ; Ouagadougou 12
ESPACE L'HARMATTAN KINSHASA
Faculté des Sciences Sociales, Politiques et Administratives
BP243, KIN XI ; Université de Kinshasa – RDC

http://www.librairieharmattan.com
diffusion.harmattan@wanadoo.fr
harmattan1@wanadoo.fr
ISBN : 2-296-01398-8
EAN : 9782296013988

SAYAT-NOVA
ՍԱՅԱԹ-ՆՈՎԱ

1722(?) – 1795

Odes arméniennes

Edition bilingue

Traduction et notes
Introduction et postface
Elisabeth Mouradian & Serge Venturini

L'Harmattan

DU MÊME AUTEUR :

Serge Venturini a publié :

— D'aurorales clartés
Editions Gutenberg XXIe *siècle, 1971-1995,* Paris 2000
— Eclats d'une poétique du devenir humain (1)
Editions L'Harmattan, Paris 2000
— Le sens de la terre *suivi de* « L'Effeuillée, Aphrodite »
Editions Didro, Paris 2004

Livres à paraître :

— Avant tout et en dépit de tout *(pour Marina Tsvétaïéva)*
— Eclats d'une poétique du posthumain (2)
— Eclats d'une poétique du transhumain (3)
— Fulguriances

À la mémoire de Sergueï Paradjanov,
à l'immense cinéaste, au grand sayat-novien.

Introduction

Դուն՝ կըրակ, հագածըդ՝ կըրակ, վու՞ր մէ կըրակին դիմանամ.
Tu es le feu, vêtue de feu, à quel feu résisterai-je ?
(Doun krak, haqatsd krak, vour mé krakine dimanam ?)

*

S'il fallait caractériser par une simple formule l'œuvre de Sayat-Nova, poète et musicien de la Transcaucasie du XVIIIe siècle, nous aurions sans doute retenu celle de *l'universelle singularité*.

Arménien par sa naissance, venu du plus bas de l'échelle sociale, jusqu'à son ascension en tant que poète-musicien panégyrique, sa vie de moine, sa mort en martyr, après avoir refusé d'abjurer sa foi chrétienne, firent de lui un artiste au destin hors du commun.

Sayat-Nova vécut et écrivit son livre d'odes et de chansons à Tiflis, ville connue pour sa joie de vivre et pour ses ménestrels. Il plongea dans la diversité culturelle qui donna cette éclatante singularité à son œuvre cosmopolite. D'origine arménienne, habitant en Géorgie où l'influence de la culture perse fut dominante, il composa dans les trois langues les plus usitées du royaume : l'arménien, le géorgien et le dialecte turc de la région.

Grâce à son immense talent, il apprit la langue géorgienne, accumula des connaissances dans la culture arabo-perse. La richesse de son vocabulaire, les références historiques et géographiques, les images symboliques et surtout sa musique créèrent un univers que l'on ne peut en aucun cas confondre avec celui d'un autre poète ou d'un autre musicien.

L'œuvre arménienne du poète représente un ensemble de textes poétiques répartis en quelques thématiques : lyrisme, réflexions métaphysiques, amitié, injustice sociale… Toutefois, l'amour reste le thème central du livre : amour désespéré, voire tragique. Sur le plan de cet amour le poète développe les thèmes du bien et du mal, de l'amitié et de la solitude, des promesses et de la déception, de la vanité de la vie terrestre et de la mort, etc.

Au XVIIIe siècle, la Transcaucasie – partie sud du Caucase – se trouvait divisée entre la Turquie ottomane et la Perse. Le territoire était partagé en « khanats » (régions, tels khanats d'Érivan, de Gandja, de Charvan, de Nakhtchevan, etc.) et en trois royaumes géorgiens ; celui de l'Iméréthie à l'ouest, près de la mer Noire, sous la domination turque, et ceux de la Karthlie et de la Kakhéthie à l'est dans la partie perse.

Malgré leur état de vassal ces royaumes jouissaient d'une autonomie plus importante que les khanats. Les rois géorgiens ne pouvaient gouverner comme ils l'entendaient, cependant une certaine liberté et « protection » leur étaient accordées. Ce privilège coûtait cher aux souverains géorgiens. Ils devaient se convertir à l'islam pour que le shah accordât son approbation à l'intronisation. En contrepartie, le shah prévoyait une « dépense », afin d'entretenir le pays vassalisé qui montrait de cette manière obéissance et fidélité. Certains rois cachaient habilement leurs vraies aspirations en organisant ainsi une vie culturelle interne pour sauvegarder les valeurs nationales : transmission de l'histoire, de la langue et de la culture.

La Russie également souhaitait faire une entrée sur la scène politique de l'Asie antérieure par le biais du soutien des populations chrétiennes de la région. Les deux royaumes orientaux géorgiens furent annexés à la Russie tsariste en 1801 après la mort du dernier prince géorgien bagratide, Guiorgui XII.

La Transcaucasie, et en particulier Tiflis, était un territoire de transit, lieu de passages et lieu de rencontres entre civilisations. La Tiflis du XVIIIe siècle est une ville cosmopolite. Elle devient une terre d'accueil et d'asile pour des milliers de chrétiens persécutés dans leur propre pays. Pourtant, Tiflis vivait aussi la domination perse. Grâce à l'habileté et à la diplomatie des princes géorgiens, la ville a pu contourner durant des décennies les conditions d'humiliation, et de surcroît, créer un espace vital à l'épanouissement artistique et culturel. En dépit de difficultés liées aux intérêts géopolitiques de la région, malgré les fléaux sociaux, comme l'esclavage, la misère et le pillage qui frappaient les habitants de la ville, la tolérance des diversités culturelles et démographiques a toujours fait de Tiflis une ville hors de l'espace et du temps.

Sayat-Nova est probablement né en 1722 à Sanahine, région située non loin de Tiflis, peuplée par les Arméniens (et qui fait aujourd'hui partie de l'Arménie indépendante). La famille de sa mère était assujettie au prince Guirgui Orbélani. Par conséquent, le mariage entre *Karapet* – un pèlerin arménien de Syrie – et une jeune fille du pays, rendait *Karapet* automatiquement semi-serf ainsi que tous ses descendants.

Notre Aroutine, futur Sayat-Nova, naquit sous le coup du servage et fut à la merci de la bienveillance du prince Orbéliani. De sa vie de monastère sont restées quelques copies écrites de sa main : *« Lecteur, souviens-toi du prêtre Stéphanos et de son père pèlerin Karapet et de sa mère Sara »* (H. Bakhtchinian, Sayat-Nova, Érévan 1988, p. 37).

Sayat-Nova n'apprend à l'école paroissiale que l'arménien classique, réduit déjà à la langue écrite trop sophistiquée pour être comprise et pratiquée. Comme les autres troubadours, Sayat-Nova compose en arménien dialectal de Tiflis. L'amour et l'engouement pour le chant et la musique amènent le tisserand-apprenti à un de ces centres de musiciens que Tiflis offrait en des périodes de paix. Son entrée au service du roi, comme poète-musicien panégyrique au palais en 1742, confirme son évolution dans la communauté des musiciens. Quand un jeune musicien terminait son apprentissage auprès du maître, il recevait un certificat qui était la reconnaissance de ses performances de musicien-interprète, et cela lui permettait également de participer aux compétitions dans les medjlis ; ces salons et autres places de rencontres. (H. Bakhtchinian, Sayat-Nova, pp. 27-28)

Applaudi, reconnu, mais jamais vraiment accepté à la Cour, Sayat-Nova, en raison de ses origines n'est guère bien vu de certains représentants de la noblesse géorgienne. De plus, son amour difficilement imaginable dans ce milieu, pour la princesse Anna, donne à ses adversaires de redoutables moyens afin d'obtenir son bannissement. Le roi cède aux exigences de son entourage. Une première fois le roi l'envoie à Anzal, au bord de la mer Caspienne, en mars 1752. Les odes composées entre 1752 et 1754, dévoilent son inquiétude et son ignorance concernant les raisons de son exil. Par la suite, il est rappelé à la Cour, mais malheureusement, en 1759, il est définitivement renvoyé et forcé d'accepter la vie de moine.

Sayat-Nova est certes au service du roi, mais il pense être également *le serviteur du peuple*. Ses chansons expriment des sentiments et des idées qui n'étaient forcément pas du goût de tout le monde. Est-ce possible que ses vers aient irrité certaines personnalités ou suscité des jalousies ? Est-ce vraiment la découverte de son amour pour la princesse qui a fait se détourner la bienveillance royale à son égard ?

En 1768, après la mort de son épouse, Marmare, il devient *vardapet* (prêtre) épousant ainsi la vie monastique pour le restant de sa vie. Très peu d'informations sont parvenues au sujet de la vie de sa femme ; elle est de Sanahine, et ensemble ils ont eu quatre enfants.

La nouvelle de l'invasion de Tiflis par Agha Mehmet-Khan, en septembre 1795, inquiète Sayat-Nova, devenu frère Stéphanos au monastère de Haghpat, tout près de Sanahine. Il se déplace pour mettre ses enfants à l'abri. Il est assassiné par les soldats perses.

Certains documents voudraient que Sayat-Nova vécût jusqu'en 1801, mais cela ne paraît guère probable. Les sources historiques arméniennes et géorgiennes décrivent l'extrême sauvagerie des soldats iraniens, surtout envers les hommes de l'église. Sayat-Nova a été certainement parmi les martyrs de Tiflis.

La découverte au milieu du XIXe siècle de l'œuvre manuscrite de 1765 de Sayat-Nova, suscita un grand intérêt chez les critiques littéraires arméniens. Ce manuscrit complètement inconnu des lettrés de l'époque apportait une nouvelle dimension à la compréhension de l'œuvre du poète-musicien que les peuples de la Transcaucasie perpétuaient en la chantant.

Le manuscrit se trouve actuellement au musée de l'Art et de la Littérature d'Érévan, en Arménie. Les livres de référence des traductions ci-dessous sont les deux recueils de poèmes par Morous Hasratian, *« Sayat-Nova – Hayeren, vrat'seren, adrbedjaneren khal'eri jol'ovatsu »* publiés à Érévan en 1963 et la réédition du livre « Sayat-Nova » de Henrik Bakhtchinian à Érévan en 2003 (la première publication date de 1988). Ces livres réunissent 128 odes en dialecte turc de la Transcaucasie, 65 odes en géorgien et 68 odes en arménien, écrites en alphabets arménien et géorgien.

Cet ouvrage présente pour la première fois au lecteur français les 47 odes arméniennes écrites par le poète lui-même (les 21 autres odes arméniennes ont été annexées à la copie en 1823 par le fils du poète).

A la Cour de Kakhéthie, Sayat-Nova trouve sa raison de vivre : son amour pour la princesse Anna Batonichvili. Cet amour devient une inépuisable source d'inspiration créatrice.

La poésie de Sayat-Nova est une magnifique coupe débordante d'amour et d'amitié. Sa poésie est un hymne à la vie, à la liberté et à l'amour déchirant car inaccessible.

Autodidacte depuis son plus jeune âge, il élabore sa propre expression poétique et musicale - une expression splendide du lyrisme oriental - sur des fondements de la poésie arabo-persane, sur des traditions poétiques arméniennes dans l'espace de la Tiflis cosmopolite.

L'amour dissimulé et l'immense talent du poète donnent libre cours à l'imagination de Sayat-Nova. Il évoque des objets et des personnages de son époque, ainsi que des récits, des poèmes inoubliables des temps anciens : Rose et Rossignol, chatoyante soie de France, Madjnoun et Leïla, le chevalier Rostom du grand poète Firdoussi et tant d'autres. La langue du poète devient alors un passeur d'idées et de pensées de diverses cultures qui cohabitent à Tiflis. Tiflis jongle sans peine avec trois, quatre langues sans compter les divers dialectes et petites langues des montagnards. A la Cour on parle le persan, le géorgien, l'arménien, le turc, l'hébreu, le russe...

Sayat-Nova utilise à merveille ce mélange linguistique, il crée ainsi ses propres synonymes, expressions imagées, antonymes passant sans cesse d'une langue à l'autre. Le dialecte arménien de Tiflis engorgé d'un vocabulaire persan, était la langue véhiculaire des Arméniens de Tiflis. La musicalité de ses odes est incontestable. Sayat-Nova fait entendre ses sentiments en jouant sur la sonorité et la couleur des voyelles, comme on invente une mélodie, composée de très peu de notes, faciles à retenir. La musicalité et la spécificité de sa poésie garantissent l'originalité de son œuvre.

Elisabeth Mouradian
Paris, mai 2000 – juin 2006.

SAYAT - NOVA
ՍԱՅԱԹ-ՆՈՎԱ

Traduction
des
47 odes arméniennes

1

Ծատ սիրուն իս, Ծախաթայի աստղին խար չիս անի․
Անջաղ գըցիս էշխի մէջըն, հիդ կ՚էհաս՝ քար չիս անի:

Էշխըն հէ՛ստի կըրակ ունի՝ վու՛նց կու էրվի, վու՛նց կ՚երթայ․
Թէգուզ ընընգնիմ ծովի մէջըն՝ հովնալու ճար չիս անի:

Բաս աշուղըն վու՞նց դիմանայ էդ քու տըված կէծակուն․
Դուն ինքնակալ թագաւուր իս՝ բէհուբազար չիս անի:

Թէ՛վուր սարերուն հանդիբիս, կու հալիս մումի նըման․
Թէ՛վուր քաղաք տիղ հանդիբիս, կու քանդիս՝ վար չիս անի:

Իսկի բէհուբազար չունի շախաթայի չասողըն․
Է՛նդու համա, Սայաթ-Նովա, շատ էյթիբար չիս անի:

ODE N°1 — Tout-puissant souverain
(1747 ?)

Tu es beau, tu ne blasphémeras pas contre le chanteur sacré.
2 Tu ne rends qu'amoureux, et rien d'autre, sans en bénéficier.

Amour est un feu, il ne se consume guère, incandescent.
4 Même dans la mer, point de soulagement, ni d'apaisement.

Le troubadour, à cette étincelle, comment résistera-t-il ?
6 Tu es le Suzerain, tout-puissant souverain, sans compromis.

Si tu rencontres des montagnes, tu les brûles comme de la cire.
8 Si tu entres dans une ville, tu l'anéantis, point ne l'embellis.

Le chanteur profane, sans valeur, n'a aucune tolérance.
10 Pour cette raison, Sayat-Nova, en lui, tu n'as pas de confiance.

2

Դարդ մի՛ անի, ջա՛ն ու ջիգար, միտքըդ դիվաց չըտեսնէ,
Ա՛չք խաւրի, ա՛նգաճ խուլանայ՝ էրեսըդ թաց չըտեսնէ:

Վու՛ նց արեգագըն շուղքըն տայ, վու՛նց լուսինըն լուս անէ.
Ա՛վալ քու տեսնողըն միռնի՝ քիզ գըլխաբաց չըտեսնէ:

Դուն գըլուխըդ մահի կու տաս, յիս էլ քիզի կու միռնիմ.
Միր էդնէն թամամ աշխարհըս սով քաշէ՝ հաց չըտեսնէ:

Թէվուր չըգամ ու չըտեսնիմ, հազար բաբաթ բան կ՚օսիս.
Քա՛շկա մարդ վու՛նց գայ,վու՛նց խօսի,վու՛նց քի տըխրած
չըտեսնէ:

Աստուծու բերնէմէն առնիս մըխիթարիչ սուրբ հոգին.
Է՛լ վաղ միռնի Սայաթ-Նովեն՝ ճիդըդ գըցած չըտեսնէ:

ODE N°2 — Que je meure pour toi (1752)

Ne trouble pas ton esprit, point de soucis, ma vie, mon cœur !
2 Mieux vivre aveugle et sourd que de voir ton visage en pleurs.

Que le soleil ne brille plus, et que la lune devienne noire.
4 Mieux rendre l'âme avant de te voir vêtue d'un voile noir.

Tu mènes une vie dangereuse, mais, moi, je mourrai avec toi.
6 Après nous le monde aura faim, du pain, on n'en aura point.

Si je ne viens pas te voir et te rencontrer; tu me blâmes.
8 Mais mieux, ni venir, ni parler, ni te voir la tristesse dans l'âme.

Que Dieu souffle en toi le Saint-Esprit, que tu aies communié.
10 Que Sayat-Nova meure plus tôt, pour ne pas te voir chagrinée.

3

Ա՛նգած արա բարիթավուր․
Գընա՛, ճիդըն խաղ մի՛ անի,
Եարի սիրտըն դաղ մի՛ անի
Էդ կըրակըն **չաղ** մի՛ անի,
Չաղ շուռ արի
Եարսուն տարի
Եարին **բէդամաղ** մի՛ անի:

Բէդամաղ չը՛լի միզանից,
Չըճիռանայ անմիղ բանից․
Եարըն նազով ճոգիս **ճանից**․
Հանած ծառ է,
Էշխով վառ է,
Չի վախենայ սուլթան-**խանից**:

Խանի պէս դիվան իս անում,
Ծաճզարի պես սան իս անում,
Էտ ի՞նչ թավուր **բան** իս անում․
Բանըդ բանդ է,
Պոշըդ ղանդ է,
Քաղցըր լիզվով **ջան** իս անում:

Ջան չունիմ եարի ձեռնէմէն,
Հիւանդ իմ էշխի կըռնէմէն,
Դիղ անիս ծուցիդ **նըռնէմէն**․
Նըռիդ սուկով,
Քաղցըր խօսքով
Կրակ իս վիր ածում **բերնէմէն**:

Բերնիդ մէջըն լալ է, գօ՛զալ,
Հագիդ զարըն ալ է, գօ՛զալ,
Էդ ի՞նչպես խիալ է, գօ՛զալ,
Էդ խիալով **նազ իս անում,**
եա՞ր, ա՞ման:

ODE N°3 — Le Chant du Troubadour

Du troubadour, **écoute le chant**,
Va ! Avec cela, on ne joue pas,
Cœur qui aime, ne le brûle pas,
Et **n'attise pas** le feu ardent,
Prends du bon temps
Jusqu'à **trente ans**.
7 **En chagrin**, la Bien-aimée, ne la laisse pas !

Que **son chagrin**, de nous, ne vienne pas,
Que l'innocence ne la quitte pas.
L'Amie **troubla mon âme** avec ses charmes,
Elle, arbre **dessiné**,
D'amour est vivifiée.
13 Elle n'a pas peur du sultan, du **khan**.

Ton jugement est digne du **khan**,
Tu donnes respect comme un roi.
Comment arrives-tu à **cela** ?
Mots en couplets,
Paroles sucrées.
19 Tu fais **vivre** avec tes mots délicats.

A cause de ma mie, point je ne **vis**,
Malade de folles amours, je le suis.
Guéris-moi, avec **les grenades** de ta poitrine,
Avec l'or de tes **grenades**,
Avec la langue habile,
25 **De ta bouche**, le feu jaillit.

Belle, **ta bouche** vibre de poésie,
Belle, pourpres sont tes habits,
Belle, quelle est cette idée
29 Avec laquelle **tu me charmes**, — Ô Bien-aimée !

Նազ իս անում, իխտի՛ար իս,
Հիդ աշխարհի բարէ՛բար իս,
Հընդու էկած **ղալա՛մքար** իս.
Ղա՛լամ քաշած,
Ջանըս է մաշած,
Ջանըս հանեցիր՝ **ջադու՛քար իս**:

Ջադու՛քար իս փէլ ու փանդով,
Ծիրազու շուշա իս ղանդով,
Այնաբանդ իս խաթաբանդով,
Ջամ-հալիլա,
Լալ ու թիլա,
Ջանս հանեցիր **էդ փըրսանդով**:

Էդ փըրսանդով համ իս անում,
Դաստամազըդ նամ իս անում,
Աքա խաթրըջ**ամ իս** անում.
Ջամ իս չինի,
Դօշըդ է սինի,
Ծամամնիրըդ **դամ** իս անում:

Դամու դօվրան իս համաշա,
Դաստա-դաստա մազըդ քաշ ա,
Հագածըդ զար ու **ղումաշ** ա.
Ղու՛մաշ զարով.
Գուլայ տարով,
Ով քիզի գուքայ **թամաշա**:

Թամաշա իս, վարդի ռանգ իս,
Ծով տեսած օսկու մահանգ իս
Սանթուր ու քամանչա, չանգ իս՝
Բարակ ձէնով **նազ իս անում**,
եա՛ր, ա՜ման:

Tu charmes, cela est ton droit.
Seule, tu emplis l'Univers,
Toi, **voile féerique** tissé aux Indes,
Et **peinte au pinceau.**
Mon âme dépérit,
35 Tu me fis souffrir, **belle sorcière**.

Tu es la **sorcière** aux incantations,
Verre soufflé de Chiraz, rempli de sucre,
Salle des miroirs aux mille reflets,
Miroirs parfaits,
Or et rubis.
41 Tu me tourmentes avec **ce comportement**.

Avec **ce comportement** tu fais souffrir.
Elle ondule ta belle chevelure.
Puis, tu **confortes** et tu **rassures**.
Porcelaine de Chine,
Plateau — ta poitrine
47 Dont tu fais **danser** les fruits.

Aux festins, tu es toujours la **joie**.
Tes cheveux en boucles — ruisseaux.
Tu es de **soie** et d'or,
Ô toi, **soie** aux fils d'or.
Il en pleure toute l'année
53 Celui qui de toi est **émerveillé**.

Tu es **une merveille** aux couleurs de rose,
Pierre océane, lisse et brillante.
Toi, lyre et gracieux qamantcha.
57 **Tu chantes**, avec ta voix fine, Ô Bien-aimée !

Սազ իս անում, դուր իս գալի,
Բաղչի մէջըն ջուր իս գալի,
Փունջ մանուշակ **նուր** իս գալի.
Նուր գովելի,
Անպատմելի.
Վարդի մէջըն **շուռ իս գալի**:

Շուռ իս գալի բըլբուլի պէս,
Հուտըդ գուքայ սընբուլի պէս,
Սուփրի մէջըն թայգուլի պէս
Դաստա կապած,
Ռեհնին կըպած,
Բաց իս էլի դուն **գուլի** պէս:

Գուլ իս կոկոր՝ տերիվակալ,
Չիս թառամի՝ արիվակալ,
Թագաւուր իս **բարիվակալ**,
Բա՛րով տամ քիզ.
Մըտի՛կ տու միզ.
Չէ թէ ամսով՝ **օրիվա՛կալ**:

Օրն ի օրըն շատանում իս,
Էշխի մէջըն մօդանում իս,
Սըրտի դարդըս **ճիդ անում իս**.
Հիդ արա, տի՛ս,
Թէ թաքիք իս.
Խիլքըն գըլխէս հա՞ **տանում իս**:

Տարար խիլքըս, հէյրան արիր.
Բարակ մէջքըդ սէյրան արիր,
Էդ կըրակով բիրեան արիր.
Հալբաթ մահիս **հազ** իս անում,
եա՛ր, ա՞ման:

Ta chanson est ravissante,
Comme le ruisseau dans le jardin.
Bouquet de violettes **nouvelles**.
La **lumière** louangée,
Indicible, sublime.
63 Tu **musardes** parmi les roses.

Tel un rossignol, tu **musardes**.
Ton parfum de fleurs des prés s'exhale.
Bouquet de fleurs au milieu de la table.
En forme de beau bouquet
Au basilic, accroché,
69 Tu es ouvert comme une **rose**.

Bouton de **rose**, de feuillage entouré,
Tu ne te flétris point, l'ensoleillée,
Toi, **de grâce et de pardon** — le roi,
Je te salue,
Rencontrons-nous
75 Tous **les jours** et non une fois par mois.

Tous **les jours**, tu avances, progresses,
Toujours, en t'approchant de l'Amour,
Tu **ouvres** la plaie de mon cœur.
Ouvre mon cœur et regarde,
Si tu es vrai médecin,
81 Car **tu troubles** mon esprit sans cesse.

Tu me **troublas**, tu me charmas,
En me montrant ta fine taille,
Avec ce feu, tu me brûlas.
85 **Veux**-tu ma mort ? Ma Bien-aimée !

Հազ չունիմ խայրն եարէմէն,
Չիս ջոգվում անգին քարէմէն,
Թաք չանցկէնաս **իղրարէմէն**․
Իղրար անիս,
Հոգիս հանիս,
Պըրծընիմ **ահուզարէմէն**։

Ահուզար իմ քաշում, ա՞ման,
Քիզից ուրիշ չունիմ գուման․
Ծուցիդ մէջըն չայիր-**չիման**,
Չի՛ման ասիմ,
Մուրախաս իմ,
Սըրտումս ունիմ **իղրար-իման**։

Իղրար-իմանէն չանցկէնամ․
Առանց քիզ մին օր վու՞նց կէնամ․
Բերնումըս դընիմ **սանձ**՝ կէնամ․
Սանձահարիմ,
Սիրտըս վարիմ՝
Անհընանալու **գանձ** կէնամ։

Գանձ իս սիրով ու սիրեկան,
Ղիմէթ ունիս անգին ական,
Լալ ու ջավահիր **պատուական**․
Պատիւ անիմ,
Քանի ջան իմ,
Զուն աշխարհս է **անցողական**։

Անց մի՛ կէնայ, թէ հալալ իս,
Մի մօր ծըծած, մի մօր դալ իս․
Ղաբուլ ունիմ, թէգուզ հալիս,
Զունքի **իլթիմազ** իս անում,
եա՛ր, ա՞ման։

Point **aimé** de l'amie infidèle,
Tu ressembles aux pierres précieuses.
Seulement, si tu tiens **promesse**,
Promets-moi vraiment
D'arracher mon âme,
91 Pour que mes **tourments** finissent.

Tu me **tourmentes**, je soupire.
Je ne connais pas ta pareille.
Ta poitrine, — comme la **prairie**.
Ô ta **prairie**,
J'en ai le droit.
97 En mon cœur, je tiens **promesse**.

Je tiendrai donc ma **promesse** :
Comment vivre un jour sans toi ?
Il faut que je **bride** ma bouche,
Que **j'entrave** mon cœur,
Que je le gouverne.
103 Pour être le **trésor** sans cesse renouvelé.

Toi, **trésor** d'amour, de passion,
Ta valeur est égale aux gemmes,
Rubis et perles de **noblesse**.
Je te **respecterai**,
Autant que je vivrai.
109 Puisque ce monde n'est qu'un **passage**.

Or, ne **passe** pas, si tu es pure,
Au seul lait maternel, nourrie,
J'accepte, sans état d'âme,
113 Car, Ô Bien-aimée, **tu m'en pries**.

Իլթիմազըս է՛ս է, ջա՛նում,
Օրըս հիդըդ կէս է, ջա՛նում,
Էշխըն է՛ստու պէս է, **ջա՛նում,**
Ջա՛նում, ջան իս,
Աննըման իս.
Աշխարհիս **ուս ու տես** է, ջա՛նում:

Ուս ու տես արա, իմա՛ցի.
Մըտի՛կ արա աղ ու հացի.
Թաք իղրարին դըրու՛ստ **կացի**.
Կա՛ց իղրարին,
Ահլի շարին.
Ցիփ միռանիմ, վըրէս **լա՛ցի**:

Լացիս, աչքըդ զայի անիս,
Դաստա ռեհան փայի անիս,
Արտասունքըդ **չայի** անիս.
Չայու ջուր իս,
Խիստ տըխուր իս.
Ադալաթըդ **շահի** անիս:

Շահի զուրիաթ դաբաղըն
Չի հարցընի դուգուն-դաղըն.
Վա՜յ թէ էլ չըխօսիս **վաղըն**.
Վաղըն գուքամ,
Նըստիմ ու լամ,
Ասիմ բարիթավուր **խաղըն**:

Խաղ իս էլի, Սա՛յաթ-Նովա.
Դաղ իս էլի, Սա՛յաթ-Նովա.
Բաղ իս էլի, Սա՛յաթ-Նովա.
Գլուխըդ փիանդազ իս անում,
եա՛ր, ա՜ման:

Ma prière est celle-ci, mon Âme.
Avec toi, le temps fuit, mon Âme.
Mon Âme, l'amour est ainsi,
Mon Âme, tu es la Vie,
Tu es inégalée.
119 Le monde **le voit, l'apprend**, mon Âme.

Regarde, **apprends** et sache-le !
Respecte le pain et le sel.
Reste fidèle à ta **promesse**,
Tiens bien ta **promesse,**
Sous ce jugement sévère ;
125 Quand je mourrai, que tu **pleures** sur moi.

Pleurer jusqu'à l'aveuglement,
Gerbe de basilic en offrande,
Tel un **fleuve**, que tu verses tes larmes,
Toi, l'eau du **fleuve**
Tes yeux sont tristes.
131 Que ta justice soit **digne du roi**.

Le tanneur au service **royal**,
De la plaie, ne se soucie point.
Demain, tu feras peut-être silence.
Demain, je viendrai
M'asseoir et pleurer.
137 Le chant du troubadour, je **chanterai**.

Tu es le **chant**, Sayat-Nova,
Tu es le chagrin, Sayat-Nova,
Tu es le jardin, Sayat-Nova,
141 Ta tête, un tapis sous les pieds. Ô Bien-aimée !

4

Դիբա ու ենգիդունիա, զարբաբ ու զար իս, գովե՛լի,
Հընդու դիարէմէն էկած զար-ղալամքար իս, գովե՛լի,
Ծատ սօվդաքար քիզ կու պըտռէ՝ դուն անգին քար իս,գովե՛լի,
Անտակ ծովի միջէն հանած անգին գովհար իս,գովե՛լի:

Յիփ դու բաղչէն սէյրան կ'էհաս՝ ծովի նըման գուքայ ալիդ,
Գըլուխըդ պահելով արա՝ նամ չըդիբչի խաթուխալիդ,
Տեսնողըն հէյբաթ կու մընայ էդ քու սիրուն մահ-ջամալիդ,
Աշխարհումըս նուր դուս էկած թազա նուգբար իս,գովե՛լի:

Արի միզիդ մէ լա՛ւ կացի, ղու՛րբան ըլիմ մուրվաթումըն.
Ման էկայ յիրգիր՝ չըտեսայ էդ քու նըման ջուրաթումըն,
Վու՛նց Հընդու դիարումըն կայ, վու՛նց փըռանգի սուրաթումըն.
Քաշվիլ իս քարգահի մէջըն. ուրիշ թահար իս,գովե՛լի:

Թարիփըդ դավթար իմ արի, փիլ պիտի, վուր գիրքըն տանէ.
Դուն քու մըտկի հիդ մի՛ էհա, էտ խիալըն սըրտէդ հա՛նէ,
Մէջքըդ՝ հադիդէմէն քաշած սիրմա մավթուլի նըման է,
Աշխարհիս շըվաք իս անում սալբու-չինար իս,գովե՛լի:

Յիս քիզանից չիմ հիռանայ, թե չըհասնի մահիս վադէն,
Յիփ միռանիմ, շա՛ղ տու վըրէս դաստամազի թիլի շադէն.
Հէնչաք ըլի՝ ու՛րախ կէնաս. Սայաթ-Նովէն առնէ ղադէն.
Ծատ մարդ կ'օսէ, թէ եար ունիմ, դուն ու՛րիշ եար իս,գովե՛լի:

ODE N°4 — Tu es autrement

Louangée, tu es soierie aux fils d'or, — finesse satinée.
Louangée, pareille aux fins tissus peints des Indes, — dentelée.
Louangée, pierre précieuse, des diamantaires — recherchée.
4 Louangée, toi, Perle précieuse des abîmes marins, — née.

Tes promenades au jardin, bruissantes vagues déferlées.
Voile ta face, pour que tes beaux attraits ne soient pas arrosés.
Face à ton visage – éclat de lune – l'homme reste extasié.
8 Louangée, tu es un nouveau fruit fraîchement créé.

Viens, rencontrons-nous ! Ma vie, je la sacrifie à ta pitié.
J'ai visité la terre entière, et ta pareille n'ai trouvée,
Ni aux Indes, ni dans le sens de la France, — d'aucun côté.
12 Louangée, dentelle sur le métier, — tu es différente.

Tes louanges font mon Daftar, — un éléphant peut le porter.
Point ne te fais de chagrin, libère ton cœur du fol penser.
Taille élancée, tel fil d'argent élaboré sur le métier.
16 Louangée, tu couvres d'ombre la terre, comme un cyprès.

De toi, je ne m'éloignerai, à l'heure de ma mort excepté.
Quand je mourrai, couvre-moi des tresses aux nattes perlées.
Sayat-Nova prend tes peines, pour que tu gardes ta gaieté.
20 Louangée, on te croit mon Amie, mais, — tu es différente.

5

Յիս մէ ղարիբ բըլբուլի պէս,դուն օսկէ ղափազի նըման·
Էրեսըս դի վուտիդ տակըն՝ ա՛նց կաց փիանդազի նըման·
Եա՛ր,քիզիդ խօսիլ իմ ուզում՝ շահի իլթիմազի նըման·
Աջայիբ սուրաթի տէր իս՝ ռանգըդ է գուլգազի նըման:

Եա՜ր,մըտիլ իս բաղչի մէջըն,աջայիբ սէյրան իս անում·
Ծուղքըդ արեգակի նման է՝ տեսնողին հէյրան իս անում·
Ջիգարըս կըրակ իս տըվի,էրվում իմ՝ բիրեան իս անում·
Վու՛նց մէ գօզալ չէ ունեցի էդ քու արած նազի նըման:

Հէնց իմացի,եա՜ր,քու ղուլն իմ,թանգ հախով գընած չըրաղ իմ·
Քու դըռանըդ նընգած ըլիմ,ով տեսնէ,ասէ՝ տուսաղ իմ·
Էշխէմէդ հիւանդացիլ իմ,վու՛նց միռնում իմ,վու՛նց թէ սաղ իմ·
Ծովի պէս ուրդան իմ տալիս,գըժվիլ իմ Արազի նըման:

ODE N°5 — Moi, comme un rossignol errant

Moi, comme un rossignol errant,
Toi, telle une cage d'or aux oiseaux.
Passe ! Foule sous tes pieds mon visage,
Tel un simple tapis de passage.
Ma mie, pour te parler, à toi,
C'est comme faire supplique au Roi.
Ton beau visage est sans pareil,
Tu es comme une rose, rougeoyant.

Dès que tu viens au beau jardin,
Mes yeux sont tout émerveillés.
Ta lueur seule est un soleil,
Celui qui voit est stupéfié.
Mon cœur est feu incandescent,
Tu me brûles et je me consume.
Aucune, parmi les plus Belles Dames,
N'eut à mes yeux autant de charmes.

Comme ton esclave accepte-moi,
Serf, si chèrement acheté.
Près de ton seuil, toujours — je suis
Ton captif pour ceux qui me voient.
De ton amour — malade je suis,
Je ne meurs pas, point je ne vis.
Je fulmine, la mer en furie,
Comme le fleuve Araxe, fou je suis.

Ով կու տեսնէ,ջունուն կու՚ լի՝ բարգ էրեսիդ խալ իս անում․
Է՛լ ջուքամըն դու՛ն կու քաշիս, չուն մահիս խիալ իս անում․
Եա՞ր,յիս քիզ բարով իմ տալիս,շուռ իս գալի՝ ղալ իս անում,
Ձունքի խօսքըդ անց է կէնում բէլլու շահանդազի ընման:

Սայաթ-Նովէն ասաց՝ գուլամ․ չիմ լաց՚լի,թէ ճար ունենամ․
Էլ յիս կու քաշիմ էս ղուսէն՝ թուղ՚լի ահուզար ունենամ․
Եա՞ր,քիզ վըրէն արք ունենամ,մէ լաւ իխտիար ունենամ․
Առնիմ,տանիմ մէջլիսնիրըն՝ օսկէջըրած սազի ընման:

On est fou du grain de beauté,
Posé sur ton visage d'éclat.
La perte sera encore pour toi ;
À ma mort, tu donnes des idées.
Ma mie, je ne dis que bonjour ;
La colère habite ton discours.
Puisque ta parole a toujours
La force et la puissance royale.

Je pleure, a dit Sayat-Nova,
Puisque mon remède n'existe pas.
La tristesse restera pour moi,
Le chagrin, suis seul à porter.
Ma mie, tel serait mon vouloir,
Avoir sur toi l'unique pouvoir :
Avec moi, pouvoir t'emmener
À des festins, comme lyre dorée.

6

Յիս քու դիմէթըն չիմ գիդի՝
Ջավահիր քարի նըման իս.
Տեսնողին Մէջլում կու շինիս՝
Լէյլու դիդարի նըման իս:

Աշխարհումըս իմըն դու՛ն իս,
Բէմուրվաթ իս, մուրվաթ չունիս,
Պռօշնիրըդ նաբաթ ունիս՝
Ղանդ ու շաքարի նըման իս:

Դադա պիտի թարիփդ ասէ,
Ակռէքըդ եաղութ-ալմաս է,
Ռանգըդ փըռանգի ատլաս է՝
Ջար-ղալամքարի նըման իս:

Մազիրըդ նըման ռեհանի,
Դուն ուրիշ խիալ մի՛ անի,
Ռա՛հմ արա, հոգիս մի՛ հանի՝
Մուրվաթով եարի նըման իս:

Վու՞նց դիմանամ էսչափ չարին՝
Աչքէմէս կաթում է արին.
Սա՛յաթ-Նովա, նազլու եարին
Գընած նոքարի նըման իս:

ODE N°6 — Serf acheté

Je ne connais pas ta valeur,
À la ressemblance d'une pure perle.
Medjnoun est celui qui te voit
Car tu ressembles à Leïla.

Sur cette terre, tu es la mienne.
Toi, sans compassion, ni pitié.
Tes lèvres, — sucre cristallin.
Toi, délicieux sucre rosé.

Seul un maître peut te chanter,
Tes dents sont comme saphirs et lys.
Ton teint, de la fine soie de France,
Toi, tissu fin aux fils dorés.

Feuilles de basilic, tes cheveux...
Ne cherche pas une autre idée !
Ne trouble pas mon âme, pitié !
Tu es l'amie de compassion.

Comment supporter tant de maux,
Lorsque le sang s'écoule de mes yeux ?
Pour ton Amie, Sayat-Nova,
Un serf acheté, tu seras !

7

Ուստի՞ գուքաս, ղա՛րիբ բըլբուլ,
Դու մի՛ լաց՚լի, յի՛ս իմ լալու.
Դու վարդ պըտռէ, յիս՝ գօզալին.
Դու մի՛ լաց՚ լի, յի՛ս իմ լալու:

Արի՛, բըլբու՛լ, խօ՛սի բառըն,
Օխնըվի քու էկած սարըն.
Քի վարդն էրից, ինձ՝ իմ եարըն.
Դու մի՛ լաց՚ լի, յի՛ս իմ լալու:

Ման իմ գալի դիդարի հիդ,
Վունց ղարիբ բըլբուլը խարի հիդ.
Դու՝ վարդի հիդ, յիս՝ եարի հիդ.
Դու մի՛ լաց՚ լի, յի՛ս իմ լալու:

Սալբու ընման կանանչ իմ,
Ե՛կ, խօ՛սի, ձայնիդ ճանանչ իմ,
Դու վա՞րդ կանչէ, յի՛ս եա՞ր կանչիմ.
Դու մի՛ լաց՚լի, յի՛ս իմ լալու:

Ղարիբ բըլբու՛լ, ձայնըդ մալում,
Յիս ու դուն էրվինք մէ հալում,
Սայաթ-Նովէն ասաց՝ զա՛լում,
Դու մի՛ լաց՚լի, յի՛ս իմ լալու:

ODE N°7 — Le Rossignol et la Rose

D'où viens-tu, Rossignol errant ?
Ô Ne pleure pas, je pleurerai.
Tu cherches la Rose, moi — la Belle.
Ô Ne pleure pas, je pleurerai.

Viens, ouvre ton cœur, bénie soit
La montagne de ton envol.
La Rose t'a brûlé, moi — la Belle.
Ô Ne pleure pas, je pleurerai.

Je me promène avec la Belle,
Comme Rossignol avec l'épine,
Toi et la Rose, moi et la Belle.
Ô Ne pleure pas, je pleurerai.

Vert je suis, vert comme un cyprès,
Viens ! Chante ! Ta voix je la connais.
Appelle la Rose, et moi — la Belle.
Ô Ne pleure pas, je pleurerai.

Voix limpide, Rossignol errant,
Nous nous brûlâmes, et toi, et moi.
Sayat-Nova a dit : « Cruelle !
Ô Ne pleure pas, je pleurerai. »

8

Խօսքիրըդ մալում իմ արի՝անարատ,մաքուր իս,ա՛խպէր.
Օսկէ փարչումըն լըցըրած անմահական ջուր իս,ա՛խպէր,
Խըմողըն վու՞նց կու կըշտանայ,դուն կաթնէ ախպուր իս,ա՛խպէր,
Աշխարհքըն ծով,դուն՝մէջըն նաւ,ման գուքաս,փրփուր իս,ա՛խպէր,
Վախում իմ,թէ ինձ էլ էրիս՝անհանգչիլի **հուր իս**,ա՛խպէր:

Հուր իս՝ էշխով կըրակած.
Խօսք իմ ասում առակաց,
Իմ սիրմա-էրծաթ ա՛խպէր՝
Օսկէջըրով վարակած:

Աջաբ միզիդ ի՞նչ իս կամում,ի՞նչ է ասում էդ քու փալըդ.
Իսկի չի՛ս գալի, չի՛ս ասում.«Աջաբ ի՞նչ է,բա՛նդա,հալըդ».
Աստուած վըկայ, սիրտըս էրից ջէյրանի նըման ման գալըդ.
Յիս քիզանից չի՛մ հիռանայ, թէգուզ դուս գայ խաթուխալըդ.
Թէգուզ սիրիս,թէգուզ ատիս,թէ գուզէ **համբուրիս**,ա՛խպէր:

Համբուրիմ սիրով համբուր,
Վունցոր խէչին է դաստուր.
Ով քիզ խայան մըտիկ տայ՝
Դառնայ էրկու աչքով կուր:

ODE N°8 — Mon frère

J'ai compris tes paroles, toi, pur et limpide, mon frère.
Tu es l'eau d'immortalité au calice d'or, mon frère.
Qui en goûte, a toujours soif : Toi, source lactée, mon frère.
Une mer est le monde, toi, navire, écume, mon frère.
Je crains que tu me brûles aussi, toi, **incandescent**, mon frère.

Toi, par l'Amour, **feu allumé**,
Mes paroles sont imagées.
De l'argent pur, toi, mon frère,
Illuminé dans l'eau dorée.

Que disent tes incantations, — pour nous, quel sera l'avenir ?
Jamais tu ne viens demander : « Comment vas-tu, pauvre être ?»
Dieu m'est témoin, ton allure, ta sveltesse brûlèrent mon cœur.
Même si tes beaux traits changent, jamais je ne te quitterai.
Même si tu aimes, tu hais, ou bien tu **embrasses**, mon frère.

Je donne **baisers** pleins d'amour,
Ceux qu'on donne à la Sainte Croix
Qu'il soit aveuglé, privé d'yeux,
L'homme au perfide regard.

Քիզիդ բաս ո՞վ կարա բըռնի՝ հազար բաբաթ բառ իս էլի․
Խօսքիրըդ անգին ջավահիր՝ Ասմաւուրու ճառ իս էլի․
Հուտըդ աշխարհըս է զաւթի՝ բալասանի ծառ իս էլի․
Չըկայ քիզ պէս էշխի ջունում՝ կըրակ նընգած վառ իս էլի․
Շատ մարդիկ քիզիդ կու էրիս․էդ լեզվի տէր **վուր** իս,ա՛խպէր:

Վուր յիս ասիմ՝ իմա՛ցի,
Էշխի մէջըն հիմացի․
Ինձ հուրեան-բիրեան արիր,
Ասում իս, թէ դիմա՛ցի:

Խիլքըս գըլխէմէս տարիլ իս, լիրթ ու թոքըս զարդ իս արի,
Սիրտըս փուրումըս սպանեցիր, էշխըդ քիզի նարդ իս արի,
Ինձ հուրեան-բիրեան շինեցիր․ աջա՞բ դուն էլ դարդ իս արի․
Ցիփ քի սիրով մէհման անիմ, վի կացի, թէ մարդ իս, ա՛րի,
Ուրախա՛ցի, ուրախացու՛․ չունքի միզ մօդ **հուր իս**, ա՛խպէր:

Հու՛ր իս, սիրով սիրական,
Քիզի դու՛լուղ պատուական
Հազար թուրլու կերա՛կուր,
Սուրբ գի՛նի անապական:

Toi, nul ne te contredira, ta parole aux mille nuances.
Tes paroles sont perles rares, sermon du Livre des Saints.
Ton parfum envahit le monde, tu es l'arbre balsamique.
Tu connais les folles amours, en te brûlant, tu étincelles.
23 Avec **toi**, voix conquérante, beaucoup s'embrasent, mon frère.

Moi, je te le dis, sache-le,
Je m'enracinai en amour.
Mais, j'en souffre et j'y brûle,
27 — Endure, dis-tu, résiste !

Tu me fis perdre la tête, et mes entrailles sont rongées.
Tu perças mon **cœur** dans mon sein. L'amour devint ton jouet.
Tu me fis brûler, souffrir. Toi, du chagrin as-tu souffert ?
Quand je t'inviterai de bon cœur, sois loyal, lève-toi et viens !
32 Amuse-toi, rends-nous heureux ; c'est toi l'**invité**, mon frère.

Invité, amant passionné,
À ton service tant honoré,
Des mets t'attendent par milliers,
36 Avec du vin, le vin sacré.

Համաշա իմ եարի ճամփին կանգնած իմ՝ տալիս իմ դօվա․
Աշխարհքըն՝աշխարհով կըշտացւ,իմ սիրտըն քիզանից սով ա․
Ցըրէ՛, շա՛ղ տու վուտիդ տակըն, էշխէդ դառա հավաջօվա․
Իսկի չի՛ս գալի, չի՛ս ասում․«Խիստ իս լալի,Սա՛յաթ-Նովա»:
Չը՛լի՞ միտքըդ մոլըրվիլ է, սըրտումըդ **պըխտուր իս**, ա՛խպէր․

Պըխտուր սիրտըդ պարզ արա,
Բըլբուլի պէս փա՛րզ արա,
Աստըձուն փա՛ռք, Քաղքումն իս՝
Դարդըդ Խանին **ա՛րզ** արա:

Արզ իմ անում **հազարին**,
Հա՞ զարբաբին, **հազարին**․
Սիրտըս եարալու արիր՝
Աչքըս գուլայ **հազարին**:

Հազարին հազար պիտի,
Էրած սըրտին ճար պիտի,
Ցիս մէ էշխի ջունում իմ՝
Ինձ մէ դօղրու **եար** պիտի:

Եարի լիզուն բըլբուլ է,
Դաստամազըն սընբուլ է․
Սայաթ-Նովէն լալիս է,
Մակա՞մ ղարիբ բըլբուլ է:

Sans cesse sur le chemin de mon amour, priant toujours, je suis.
La terre entière s'est rassasiée, de toi, mon cœur inassouvi.
Eparpille ! Jette tout sous tes pieds. Cet amour m'a rendu amer,
Tu ne viens guère, tu ne dis pas: «Sayat-Nova, tu pleures si fort.»
41 Ton esprit s'est-il égaré, ton cœur s'est-il **troublé**, mon frère ?

Purifie ton cœur si **noirci**,
Envole-toi, tel le rossignol,
Tu es en Ville, mon Dieu merci.
45 Au Khan, ton profond chagrin, **dis** !

Je le **dis** aux **milliers** de gens
À ceux qui sont **riches et puissants**
Tu me blessas, le cœur, — perças
49 Et mes yeux pleurent, pleurent **constamment**.

Le rossignol au rossignol,
Du baume voudra au cœur brûlé,
Fou, je devins d'un seul amour,
53 Il me faudra une **amie** vraie.

Langue d'**amie** est rossignol,
Sa chevelure — épis en fleurs.
Sayat-Nova pleure tristement,
57 Est-il un rossignol errant ?

9

Էսօր իմ եարին տեսայ՝ բաղչի մէջըն ման գալով,
Գեղինըն զարթարվեցաւ իմ եարի օսկէ նալով.
Բըլբուլի պէս պըտուտ էկայ վարդի վըրայ՝ ձէն տալով,
Ջունուն էլաւ խիլքըս գըլխէս, սիրտըս՝ տըխուր, աչքըս՝ լալով.
Յոյս ունիմ իմ ստիղծողէմէն՝ միր դուշմանըն ըլի էս հալով:

Եա՞ր, էդ քու նազ ու ղամզով ջանըս փէլ ու փանդ իս արի,
Խըմիլ իս էշխով շարբաթըն՝ պըռօշնիրըդ ղանդ իս արի.
Խաթուխալով, քաղցըր լիզվով շատ ինձպէսին բանդ իս արի.
Տու՛ր դանակըն, ինձի սպա՛նէ. մի՛ ասի՝ ռիշխանդ իս արի.
Չունքի մահըս եարիմէն է, թուղ՚լի միռնիմ լաւ գօզալով:

Տարին տասնէրկու ամիս մազիրըդ հուսած կու՚լի.
Պըռօշէմէդ միղր է կաթում, թողնիս՝ եախէդ թաց կու՚լի.
Գարնան շընչի [ծաղկի] նըման կարմիր վարդըդ բաց կու՚լի.
Ի՞նչ օգուտ է քու բաղմընչուն՝ ղարիբ բըլբուլըն լաց կու՚լի.
Մուրվաթ չունիս, պըտուտ գուքայ՝ բաղչի վըրայ ճըկճըկալով:

ODE N°9 — Promenades

Aujourd'hui, j'ai vu mon amour,
Au jardin, en promenade.
De ses talons dorés, les traces
Étoilaient si bien la terre.
Comme un rossignol, je tournai,
Autour de la rose, en hélant.
Et je perdis tous mes esprits,
Le cœur triste et l'œil en pleurs.
Que Dieu frappe notre ennemi
À son tour, de tant de tristesse.

Toujours ensorcelé, je suis,
Par tes charmes gracieux, ma mie.
Tes lèvres sont de sucre candi,
Tu as bu l'eau avec amour.
Comme tant d'autres, épris je suis,
De tes attraits, de ta langue douce.
Poignarde-moi, mais ne dis pas :
— Tu méprises vraiment tout cela,
Puisque ma mort vient de l'amie ;
De main de gentille dame, qu'elle vienne !

Lissée, tout au long de l'année,
Ta chevelure est bien tressée.
Et de tes lèvres coule tant de miel,
Qu'il mouillerait même ton collet.
Ta rose pourpre s'épanouit,
Comme la première fleur du printemps.
S'il pleure le rossignol errant,
Ton jardinier en profite-t-il ?
Toi, sans pitié, — lui, en tournant
Autour du jardin, gémissant.

Յիփ քու սուրաթըն կու քաշին՝ նաղշումըն շընուք կու տաս·
Կու վըռվըռաս ճըրագի պէս՝ սաղչումըն շընուք կու տաս·
Մըշկով լիքըն բըրօլի պես թաղչումըն շընուք կու տաս·
Բաց կու՚լիս կարմիր վարդի պէս՝ բաղչումըն շընուք կու տաս·
Քամին դիբչի փօթլիդ մէջըն՝ ճուտըդ գուքայ վըռվըռալով:

Յիս էլ ուրիշ եար չունիմ, էս գըլխէն վա՛ղ իմացի·
Ա՛նգաճ արա, մա՜տաղ իմ քիզ, էս խօսքըս սա՛ղ իմացի·
Մըտի՛կ արա քու ստիղծողին՝ տուզ-նամագ-ա՛ղ իմացի·
Սայաթ-Նովուն մ՛ի ջըգրեցնի՝ էշխէմէդ տու՛սաղ իմացի·
Խիլքըս գըլխէմէս տարիլ իս,բէ՛մուրվաթ, գարդիշ տալով:

Quand le peintre fait ton portrait,
Tu fais la beauté du tableau.
Comme une lampe à huile qui luit,
Tu illumines la brique d'appui.
Tel flacon de cristal, rempli
De musc, tu enjolives la niche.
Comme une rose pourpre épanouie,
Tout le jardin, tu l'embellis.
Quand zéphyr souffle en ton feuillage,
Ton exquis parfum se propage.

Toujours, sache-le, et à jamais,
Que point d'autres amours — je n'ai.
Veuille écouter ton sacrifié,
Crois donc en ma parole de cœur !
Et regarde ton Créateur,
Respecte l'honneur, l'amitié !
Ne mets pas ton Sayat-Nova
En rage, ton prisonnier d'amour.
Le cerveau, — tu m'as arraché,
Avec tes promenades... — Ô cruelle !

10

Գ՚ուզիմ ումբրըս հէնց անցկացնիմ՝ օրըս մունաթ չըքաշէ․
Թէգուզ հազար դարդ ունենամ՝ դարդըս մունաթ չըքաշէ․
Ղաստ անիմ, բարու հանդիբիմ՝ չարըս մունաթ չըքաշէ․
Գըլուխըս չարէն ռադ անիմ՝ սարըս մունաթ չըքաշէ․
Էրեսըս հայալու պահիմ՝ արըս մունաթ չըքաշէ։

Հիռու տիղացէն գալիս իմ՝ խիլքի զարար շահ իմ բերի․
Հուշրէս լիքն է անգին լալով, ջավահիրչուն ահ իմ բերի․
Հընդու միջէմէն դուս էկած դիմէթով մաթահ իմ բերի․
Տեսնողըն թահրըն չի գիդի՝ մէ հէստի քարգահ իմ բերի․
Հէստի տիղ դուքան բաց անիմ՝ զարըս մունաթ չըքաշե։

Մէ բիռըս փըռանգի ատլաս է, տալիս է շովղ ու շափաղաթ․
Մէ բիռըն՝ զար-ղալամքարի, տիղ ունէ վունցոր մագաղաթ․
Մէ բիռըս Չինումաչինին կու առնէ թամամ, փարաղաթ․
Մէ բիռըն ենգիդունիա է, մէ բիռըն՝ փարչայի խալաթ․
Վու՛նց ձիվիլ գ՚ուզէ, վու՛նց կըտրիլ՝ կարըս մունաթ չըքաշէ։

ODE N°10 — Vivre avec dignité

Que passe ma vie de telle sorte
Qu'aucun des jours n'en rougisse,
Même si j'ai mille soucis,
Que mon chagrin n'en rougisse.
Qu'avec efforts je trouve le Bien,
Que mes moyens n'en rougissent.
Du Mal, que je me libère,
Que mon être n'en rougisse.
Puis, que je reste honnête,
Qu'amour-propre point n'en rougisse.

Je reviens des pays lointains
Avec les plus somptueux biens.
Rempli de rubis, mon coffre,
Le diamantaire — en soupire.
Objets aussi, j'ai rapportés,
Trésors des Indes, ramenés.
Machine à tisser elle aussi
Rapportée, jamais vue ici.
Un jour, une échoppe, j'ouvrirai,
Que mes fils d'or point n'en rougissent.

Une charge est de soies de France
Aux chatoyants reflets moirés,
D'étoffes peintes et chamarrées
Aux parchemins d'égale beauté.
Une autre charge est composée
De biens de Chine, d'objets rares.
Une charge ; tissus et brocarts,
Et une autre ; d'habits princiers
Déjà coupés et façonnés :
Que ma couture point n'en rougisse.

Մէ բիռըն ղըրմըզ ու զափռանգ, մէ բիռըն էլ զանջափիլ ա․
Մէ քանի բիռըս՝ դարիչին, մէ բիռըն էլ ղարանփիլ ա,
Բերնիրըն վըրայ չէ գալիս, հակնիրըս է սիլա-սիլա․
Անտակ ծովի միջէն հանած ակնիր ունիմ՝ լալ ու թիլա․
Մարգարիտըս շադա-շադա՝ շարըս մունաթ չըքաշէ։

Շատ մարդ էստունք կու իմանայ,կ՚օսէ․«Հալբաթ սա զանգին ա»․
Չին գիդի,թէ ուշք ու միտքըս հազար մէ բաբաթ հանգին ա․
Մարիփաթով քաղցըր լիզուն դիփունի վըրայ անգին ա․
Սայաթ-Նովէն է՛նդուր գուլայ՝ գըլուխըն մահու ճանգին ա․
Աստուած սիրողն ինձ ազատէ՝ եարըս մունաթ չըքաշէ։

Une charge, — carmin et safran,
Une autre est du gingembre,
Quelques-unes de cannelle,
Et une autre de girofle.
Sont remplis, caisses et coffres
À foison, et jusqu'aux bords.
J'ai des joyaux rouges et d'or,
Nés du tréfonds des océans.
Mes perles, une à une, enfilées,
Que ma rangée point n'en rougisse.

En apprenant, nombreux s'exclament :
« Probablement est-il richomme ».
Mon esprit seul, ils l'ignorent,
N'entend que rythmes et rimes.
La douce parole gracieuse,
Plus que tout, est fort précieuse.
Sayat-Nova pleure, car sa vie
Est dans les griffes de la Mort.
Quiconque aime Dieu me libère,
Que mon Amie point n'en rougisse.

11

Դուն էն հուրին իս, վուր գէմի կու զաւթէ,
Զունքի ինձ զաւթեցիր խափով, նազա՛նի.
Արիվիլք, արիվմուտ, հարաւ ու հիւսիս
Չըկայ քիզի նըման չափով, նազա՛նի:

Ծատ մարդ քու էշխէմէն կու դառնայ յիզիդ,
Արի մէ ռա՛հմ արա, լա՛ւ կացի միզիդ,
Գ՚ուզիմ, թէ համաշա դամ անիմ քիզիդ՝
Սանթուրով, քամանչով, դափով, նազա՛նի:

Դարդիրըս շատացաւ՝ ասիլ իմ ուզում.
Աչքէմէս արտասունք հուսիլ իմ ուզում.
Համաշա, եա՞ր, քիզիդ խօսիլ իմ ուզում.
Սիրտըս չէ կըշտանում գափով, նազա՛նի:

Հայալու իս, ադաբ ունիս, ար ունիս,
Ձեռիդ դաստա կապած սուսանբար ունիս.
Տու՛ր, ինձի սըպանէ՝ իխտիար ունիս.
Հէնչաք ըլի՝ կէնաս բափով, նազա՛նի:

Սայաթ-Նովէն ասաց՝ արզ անիմ Խանին.
Ղարուլ ունիմ՝ քու խաթրու ինձ սըպանին.
Հէնչաք ըլի, եա՞ր, գաս իմ գերեզմանին,
Ածիս խուղըն վըրէս ափով, նազա՛նի:

ODE N°11
C'est toi la sirène qui entraînes les nefs

C'est toi la sirène qui entraînes les nefs,
Puisque tu as su m'enjôler, Nazanie.
Ni à l'Est, ni à l'Ouest, du Sud au Nord,
N'existe pas femme si parfaite, Nazanie.

À plusieurs gens, ton amour, fait perdre la foi.
Aie pitié et sois clémente avec nous.
Je voudrais toujours chanter avec toi,
Qamantcha, tambourin, réunis, Nazanie.

Et moult furent mes souffrances, les dire — je veux,
Et que de mes yeux les larmes coulent, — je veux.
Sans cesse, parler à toi, ma mie, — je veux.
Les fables ne comblent plus mon cœur, Nazanie.

Toute pudique, fort courtoise et fort galante,
Dans tes mains, tu tiens, un bouquet de jacinthes,
Tu peux m'assassiner, tu en as tous les droits,
Si seulement tu demeures fidèle, Nazanie.

Sayat-Nova dit : « Au Khan, je demanderai,
Pourqu'on m'exécute, pour toi, d'accord je serai.
Si seulement toi, tu viens sur ma tombe, ma mie,
Verser une poignée de terre, sur moi, Nazanie. »

12

Էշխըն վառ կըրակ է՝ էրվելով գուքայ.
Ծատ մարդ կ'օսէ՝ յիս եարի հիդ ման գուքամ...
Էս դարդէմէն ով չէ քաշի՝ վու՛չ քաշէ.
Ով եար սիրէ, էլ չասէ թէ՝ ջան գուքամ:

Ծատ մարդ կայ՝ էն գըլխէն սըրտում ունէ ղամ.
Բազի մարդ չէ քաշի՝ էշխէմէն է խամ.
Ինչ ասիս կ'օնիլ տայ՝ սէրն է անըզգամ.
Հալվեցայ, մաշվեցայ. էլ ի՞նչ ջան գուքամ:

Էշխըն վուր կայ՝ հազար բաբաթ հանգ ունէ.
Ուշք ու միտքըն կու քընեցնէ՝ բանգ ունէ.
Բըռնածըն չի թողնի՝ ղայիմ չանգ ունէ.
Էնդու համա խա՛ն հիդ կ'էհամ, խա՛ն գուքամ:

Թէ դուն էշխի հիդ մանգալըն հարցընիս՝
Չի դիմանայ Ռօստօմ-Զալըն՝ հարցընիս.
Թէ բէմուրվաթ եարի հալըն հարցընիս,
Ասում է, թէ՝ սուլթան գուքամ, խան գուքամ:

Սայաթ-Նովէն ասաց՝ շատ ի ջանք դըրի,
Մէ բափա չըտեսայ հում կաթնակիրի.
Ովոր ինձ չի սիրի՝ յիս է՛լ չիմ սիրի.
Սէրըն սէր կու բէրէ՝ սիրեկան գուքամ:

ODE N°12 — Amour est Feu ardent

Amour est Feu ardent, il survient en brûlant.
« J'ai mon amant », ainsi nombreux vont racontant.
Qui ignorent ce chagrin, qu'ils restent, sans en souffrir,
Car ceux qui aiment, devront vivre sans en guérir.

Les uns vivent, avec ce chagrin au cœur, toujours,
D'autres ne peuvent l'endurer — étrangers à l'Amour.
Amour est si cruel, il fait se fourvoyer.
Comment me maintenir : vieilli et consumé.

Amour a moult rythmes, multiples cadences.
Il endort esprit, pensées, il enivre les sens.
Forte est son emprise, il retient chacun captif.
Ainsi, je m'en vais, je reviens, toujours oisif.

Si l'on questionne l'Amour, sa faucille affilée,
Même le vaillant Rostom ne peut le supporter.
Si l'on interroge enfin l'âme de la Cruelle :
« Je viendrai khan, je viendrai sultan », dit-elle.

Sayat-Nova a dit : « J'ai mis beaucoup du mien,
Point n'ai récolté la promise fidélité.
Et quiconque ne m'aime pas, — point ne saurai l'aimer.
Or, Amour engendre amour, — comme amant, je viens. »

13

Ձեռըդ քաղցըր ունիս՝ լա՛մզով կու խօսիս,
Նա՛ պահէ քիզ, ումնոր ծառայ իս, գօ՛զալ,
Մէջքըդ չէյրանի է, ռանգըդ՝ շաքարի,
Փռանգըստանու էկած խա՛րա իս, գօզալ:

Ղու՛մաշ ասիմ՝ շուրէղէն է, կու մաշվի,
Սա՛լբի ասիմ՝ ախըր մին օր կու տաշվի,
Ջէ՛յրան ասիմ՝ շատ մարդ քիզիդ կու եաշվի.
Բաս վու՞նց թարիփ անիմ՝ մա՛րա իս, գօ՛զալ:

Թէ մանուշակ ասիմ՝ սարէմէն կ՚օսին,
Թէ ջավահիր ասիմ՝ քարէմէն կ՚օսին,
Թէվուր լուսին ասիմ՝ տարէմէն կ՚օսին.
Արեգագի նըման փա՛րա իս, գօ՛զալ:

Գ՚ու՛զիմ, թէ համաշա դըռանըդ գամ ուխտ՝
Աչքիրըդ, կա՛րմիր վարդ, նուր բացարած տուղտ,
Լիզուդ գըրիչ ունիս, ձեռըդ՝ գուլգազ թուղթ.
Ծովէմէն դուս էկած զա՛րա իս, գօ՛զալ:

Սիրա սիրմըդ սըրտիս մէջըն ցանեցիր,
Նազ ու ղամզով, եա՞ր, իմ հոգիս հանեցիր,
Էս քու Սայաթ-Նովուն դու՛ն սըպանեցիր.
Գըլխիդ էկած ղադէն առայ յիս, գօ՛զալ:

ODE N°13 — La Belle Dame

Suave est ta voix, plaisante ta parole,
Qu'il te garde bien, ton Protecteur, la Belle.
Fine est ta taille et ton teint — quel délice,
La Belle, tu es noble soierie de France.

Te comparer au satin, s'use le tissu,
Et au cyprès, un jour il peut être taillé,
A la biche, nombreux à toi s'égaleraient,
Ô Belle, pierre précieuse, comment te louanger ?

Si je dis violette, des montagnes elle vient,
Si je dis perle, des riches pierreries elle vient,
Si je dis lune, du temps, dira-t-on, elle vient,
Ô La Belle, toi, tu brilles comme le Soleil.

Je veux toujours être pèlerin à ta porte,
Tes yeux sont une rose, primerose éclose,
Ta langue est une plume, ta main du papier,
La Belle, fleur aquatique des mers, percée.

Le grand amour, tu l'as semé dans mon cœur,
Mon âme a tant souffert de tes charmes, ma mie.
Ton poète Sayat-Nova, — tu l'as occis.
La Belle, pour moi seul, j'ai gardé tes douleurs.

14

Շատ մարդ կ'ուէ՝ յիս եարիմէն հասրաթ իմ՝
Լէյլի Մէջլումն էլ չէ էլի էս հալով.
Մարդ պիտի համաշա բերանըդ տընդղէ.
Խօսք իս ասում առակաւոր-մասալով:

Լիզուդ քաղցըր ունիս՝ շաքար ու շարթին.
Մազիրըդ ռեհան է՝ փաթըթած վարդին,
Քի զարթարած տեսնիմ հիդ ծաղկազարդին՝
Հագիլ ըլիս զար-զարբաբըն՝ խաս ալով:

Եա՛ ինձ կորցըրէք, եա՛ մէ բան արէք,
Խըփեցէք, մէ տիղըս մէ նըշա՛ն արէք,
Թէգուզ էստու համա քարա՛սպան արէք՝
Չիմ կըշտանում գօզալի հիդ խօսալով:

Աջաբ վու՞նց դիմանամ յիս էսչափ դարին,
Աչքէմէս արտասունք դուս գուքայ արին,
Օրըն իր շաբաթով կարօտ իմ եարին,
Վունցոր ղարիբ բըլբուլ՝ վարդին տիսալով:

Խիլքըս տարաւ՝ ջադուքարին չի՛մ տեսի.
Բէմուրվաթին, բէիղրարին չի՛մ տեսի.
Սայաթ-Նովէն ասաց՝ եարին չի՛մ տեսի.
Ման իմ գալի՝ արտասունքըս հուսալով:

ODE N°14
Mes larmes coulent et fuient, ma mie.

Beaucoup de gens disent : « Je me languis de ma mie ».
Même Medjnoun de Leïla, autant il n'en souffrit.
Le regard est sur ta bouche, rivé sans relâche.
Pour tes paroles nourries de fables, de proverbes riches.

Comme le doux miel parfumé, ta langue est sucrée.
Tes cheveux, — basilic sur la rose, enroulé.
Le Dimanche floral, de jolies fleurs, toute parée.
Tu seras vêtue de pourpre et d'or brodé.

Faites que je disparaisse ou quelque chose se passe !
Faites un signe sur mon corps ou frappez-moi à terre,
Si cela est nécessaire, jetez-moi des pierres !
De parler à la Belle, nullement ne me lasse.

Ainsi, comment endurer autant de souffrance ?
Pleurent et pleurent mes yeux rouges, où le sang coule, sans cesse.
Car toute la semaine je me languis de ma mie,
Comme le Rossignol, de la Rose, il se languit.

Fou, il me rendit : pourtant la fée — je ne vis,
La cruelle femme féroce, sans promesse, — je ne vis.
Sayat-Nova l'a dit : « Je n'ai pas vu ma mie,
Et je déambule, mes larmes coulent et fuient, ma mie. »

15

Առանց քիզ ի՞նչ կ՚օնիմ սօյքաթն ու սազըն.
Ձեռնէմէս վիր կ՚օծիմ չանգիրըն մէմէկ.
Զունքի ուշք ու միտքըս իրար շաղեցիր՝
Փահմէս կու հիռացնիմ հանգիրըն մէմէկ:

Մէ դուքունըն էրկու դաղին ի՞նչ անէ,
Մէ նօքարըն էրկու աղին ի՞նչ անէ,
Մէ բաղմանչին էրկու բաղին ի՞նչ անէ,
Փեյվանդ գ՚ուզէ թազա տընգիրըն մէմէկ:

Ղուրթ ին ասի փիր-ուստաքար-դադիրըն.
«Բաղ շինեցի, վարդըն քաղից վադիրըն».
Ջափէն յիս քաշեցի, սափէն՝ եադիրըն.
Ռաղիփէն էկավ միզ էս ռանգիրըն մէմէկ:

Առանց քիզ ի՞նչ կ՚օնիմ աշխարհիս մալըն.
Չիմ անի քալագըն, չիմ անի ղալըն.
Կու հագնիմ մազէղէն, կու հագնիմ շալըն.
Կ՚էրթամ ու ման գուքամ վանքիրըն մէմէկ:

Բըլքամ մէ մարդ ռաստ գայ, վուր ինձ խըրատէ,
Գօ՛զալ, քու էշխէմէն սիրտըս ազատէ.
Կանց եօթըն իմաստնասիրացըն շատ է
Էս քու Սայաթ-Նովու բանքիրըն մէմէկ:

ODE N°15 — Sans toi

Les causettes et les musiques, qu'en ferai-je, sans toi ?
Les luths et les lyres glissent et tombent de mes doigts.
Tu as bouleversé, mon esprit, mes pensées.
Les rimes et les rythmes, je les bannirai de mes idées.

Deux brûlures, une seule plaie peut-elle les recouvrir ?
Deux maîtres, un domestique peut-il bien les servir ?
Deux jardins, un seul jardinier qu'en fera-t-il ?
Pour les arbustes et les pousses, des greffes, il faudra.

Les maîtres-sages ont eu vraiment raison de le dire :
« Je fis le jardin, la rose cueillirent les coquins. »
À moi, tous les désagréments, à eux, les rires.
L'ennemi nous frappa par ses actes, lâches, mesquins.

Et tous les trésors du monde, qu'en ferai-je, sans toi ?
Je ne ferai ni bruit, ni n'hausserai la voix.
Je me vêtirai de bure ou d'une robe grossière,
Ainsi, je passerai d'églises en monastères.

Et, peut-être, quelqu'un me donnera un conseil.
Ô Belle ! Libère enfin mon cœur de ta merveille.
Les livres et les pensées des Sept sages n'excèdent pas
Les chansons et les poèmes de Sayat-Nova.

16

Աշխարհումըս ա՛խ չիմ քաշի, քանի վուր ջա՛ն իս ինձ ամա.
Անմահական ջըրով լիքըն օսկէ փընջան ինձ ամա.
Նըստիմ՝ վըրէս շըվաք անիս՝ զարբաբ վըրան իս ինձ ամա.
Սուչս իմա՛ցի, է՛նէնց սպանէ՝ սուլթան ու խան իս ինձ ամա:

Մէջքըդ սալբու-չինարի պէս, ռանգըդ փըռանգի ատլաս է,
Լիզուդ՝ շաքար, պըռօշըդ՝ղանդ,ակռէքըդ մարգրիտ,ալմաս է.
Օսկու մէջըն մինա արած, աչքիրըդ, ակնակապ թաս է.
Պատուական անգին ջավահիր, լալ-բադէշխան իս ինձ ամա:

Ցիս էս դարդին վու՞նց դիմանամ,մակա՞մ սիրտս ունիմ քարած,
Արտա՛սունքս արուն շինեցիր, խիլքըն գըլխէս ունիմ տարած,
Նուր բաղ իս՝ նուր բաղչի մէջըն՝բոլորքըդ վարդով չափարած.
Վըրէդ շուռ գամ բըլբուլի պէս՝ սիրով սէյրան իս ինձ ամա:

ODE N°16
Et pour rien au monde, je ne soupirerais

Pour rien, je ne soupirerais,
Tant que toi, tu vivras, pour moi.
Rempli de l'eau éternelle,
Toi — le ciboire d'or pour moi.
Assis, de l'ombre tu me fais,
Belle tente en soie d'or, pour moi.
Apprends mon crime pour me tuer,
Tu es sultan et khan, pour moi.

Taille de cyprès si mince,
Ta peau, de la soie de France,
Langue et lèvres, — un délice,
Tes dents, des perles et diamants,
Prunelles gemmées cerclées d'or,
Tes yeux noirs brillants calices.
Toi, la perle, — la noble perle,
Pur rubis de l'Asie, pour moi.

Puis-je résister au chagrin,
Mon cœur est-il si endurci ?
Tu changeas mes larmes en sang,
Mon esprit n'a plus de chemin.
C'est toi le tout nouveau jardin,
L'enclos entouré de belles roses.
Tel rossignol, je me retourne,
Ô merveille d'amour, pour moi.

Քու էշխըն ինձի մաստ արաւ․յիս զարթուն իմ,սիրտըս է քնած․
Աշխարհս աշխարհով կըշտացաւ,իմ սիրտըս քիզնից սով մընաց․
Եար, քիզ ինչո՞վ թարիփ անիմ՝ աշխարհումըս բա՛ն չըմընաց․
Կրա՛կէ, ծովէմէն դուս էկած, ռաշ ու ջէյրան իս ինձ ամա:

Ի՞նչ կու՛լի՝ մէկ հիդըս խօսիս, թէվուր Սայաթ-Նովու եար իս․
Ծուղքըդ աշխարհըս բըռնիլ է՝ արեգագի դէմըն փար իս․
Հուտով հիլ,միխակ,դարչին,վարդ,մանուշակ,սուսանբար իս,
Կարմըրագուն՝ դաշտի ծաղիկ, հովտաց շուշան իս ինձ ամա:

Ton amour m'a tout enivré :
En éveil suis, — cœur en sommeil.
En ce monde, tous eurent leur part,
Cœur de toi, resta affamé.
Ma mie, quels mots pour te narrer ?
Au monde, plus rien ne resta.
Toi, la biche et la jument
De feu, sortie des mers, pour moi.

Me parleras-tu, — une seule fois,
Toi — l'Amie de Sayat-Nova ?
La terre, ton ombre l'embrasse,
Toi, splendide en face du Soleil.
Toute parfumée de mille épices,
Rose, violette et jacinthe, c’est toi !
Tu es la fleur pourprée des champs,
Toi, fleur de lys des prés, pour moi.

17

Ինձ սիրեցիր, էշխըն ընձգար, խաղի դավթար իմ քիզ ամա.
Մի՛ քաղի փըշի ծաղիկըն՝ վարդ, սուսանբար իմ քիզ ամա.
Չիմ թողնի արեգագումըն՝ բաղչի սաջար իմ քիզ ամա.
Յիս քու մահըն վու՞նց կու խընդրիմ՝նուղլ ու շաքար իմ քիզ ամա:

Է՛լ քու բաղին մըտիկ արա, ուրիշ բաղէն վարդ չին տայ քիզ.
Աղ ու հացըն մի՛ դէն գըցի, շաբթէնըն մէկ մըտիկ տու միզ.
Թէգուզ աշխարհըս պըտուտ գաս՝չիս տեսնի ինձի պէս ազիզ.
Թաք ուրիշ գօզալ չըսիրիս՝ իղրարով եար իմ քիզ ամա:

Թաք յիս մօրէս չէի ծընի. վա՞յ էն օրին՝ յիս քիզ տէհայ.
Դու բըլբուլ իս,յիս՝կարմիր վարդ.չասիս,թէ վարդըն ջալդ կ՚էհայ.
Մէ փուքըր էտէնց դիմա՛ցի, շուտով Հընդըստան մի՛ էհայ.
Անգուրձիլ, անխարջ ու քըրիհ, մանդիլի զար իմ քիզ ամա:

ODE N°17 — Dialogue amoureux
(1er avril 1754)

Tu m'aimas, tu fus amoureux de moi ;
Je suis le beau livre des chants, pour toi.
Ne cueille pas la rose épineuse ;
Car je suis la fleur d'encens, pour toi.
Je ne te laisserai sous le soleil ;
Je suis l'arbuste du jardin, pour toi.
Comment pourrai-je désirer ta mort ?
Je suis l'amande délicieuse, pour toi.

Occupe-toi des roses de ton jardin;
De rose, tu n'en auras pas d'un autre jardin.
Garde estime pour le pain et le sel ;
Voyons-nous, une fois par semaine.
Même si tu parcours la terre entière ;
Tu ne verras une aussi chère que moi.
Et surtout n'aime pas une autre Belle ;
Je suis une amie fidèle, pour toi.

Que je ne fusse venu au monde ;
Ah ! Jour fatal où je t'ai rencontrée.
Toi, Rossignol, moi, Rose vermeille ;
Ne dit pas : *« la Rose se fane vite. »*
Patiente encore, demeure encore ;
Ne t'en vas pas, si vite aux Indes.
Du mouchoir brodé, je suis le fil d'or ;
Merveille tombée du ciel, là, pour toi.

Ա՛ստուած վըկայ, ղիմիշ արած գըլուխըս քիզ մա՛տաղ ըլի․
Ե՛կ, քիզիդ սիրով դամ անիմ, ով գ՚ուզէ բէդամաղ ըլի․
Յիս քու խօսկէն չիմ անցկէնայ, թաք դամաղըն չաղ ըլի․
Թէգուզ անմահութին ուզիս, սիրով կու ճարիմ քիզ ամա։

Քու դարդըն ինձի պառվեցուց․ ու՞մըն ասիմ, Սա՛յաթ-Նովա․
Մի՛ գըցի ձեռնէմէն ձեռըն՝ օսկէ թաս իմ, Սա՛յաթ-Նովա,
Փռանգըստանու միջէն էլած՝ զար ատլաս իմ, Սա՛յաթ-Նովա․
Ծա՛լէ դավթարըդ, ղու՛թին դի՝ ռանգու ռուքար իմ քիզ ամա։

Et, à la fin, que Dieu me soit témoin ;
Je te sacrifie sans regret ma vie.
Viens ! Je te chante avec amour, gaieté ;
Celui qui en veut, qu'il reste en chagrin.
De ta parole, je ne me passerai point,
Pour que tu sois souriante, enjouée.
Même si tu exiges l'éternité,
Avec amour, la trouverai, pour toi.

Ton chagrin m'a décrépite, — usée,
À qui donc l'avouer, Sayat-Nova ?
Ne me passe pas de main en main,
Je suis calice d'or, Sayat-Nova.
Je suis la chatoyante soie moirée,
De France apportée, Sayat-Nova.
Ferme ton Daftar, mets-le au coffret,
Car, or et merveille, je suis, pour toi.

18

« Ի՞նչ կ'օնիմ հէքիմըն, ի՞նչ կ'օնիմ ջարէն՝
Քու տըվածըն ուրիշ դիղ է, ու՛րիշ դիղ,
Էրում է մըհլամըն, չէ լաւնում եարէն
Քու տըվածըն ուրիշ դիղ է, ու՛րիշ դիղ.
ուրիշ դիղ, ա՜ման, ու՛րիշ դիղ »:

Ասաց թէ.« Հիռա՛ցի գըլխէմէս, գընա՛յ.
Քու ասածըն ուրիշ տիղ է, ու՛րիշ տիղ.
Էտ քու արարմունքըն քիզի չի՛ մընայ,
Քու ասածըն ուրիշ տիղ է, ու՛րիշ տիղ.
ուրիշ տիղ, ա՜ման, ու՛րիշ տիղ »:

Ասի թէ.« Էշխէմէդ չիմ հանգչում տանըս,
Ջեռնիրըս թուլացաւ՝ չէ շինում բանըս,
Էրվեցաւ ջիգարըս, մաշվեցաւ ջանըս.
Քու տըվածըն ուրիշ դիղ է, ու՛րիշ դիղ.
ուրիշ դիղ, ա՜ման, ու՛րիշ դիղ»:

Ասաց.« Իմ դիղէմէն քիզ չըկայ չարա,
Գընա՛, թէ խիլք ունիս՝ գըլխիդ ճա՛ր արա,
Թէ չէ՝ անիլ կու տամ քիզ փարա-փարա.
Քու ասածըն ուրիշ տիղ է, ու՛րիշ տիղ.
ուրիշ տիղ, ա՜ման, ու՛րիշ տիղ »:

« Յիս բըլբուլ իմ, վարդըս մընաց խարումըն.
Կըրակ դըրիր սըրտիս խուցի եարումըն.
Վու՛նց գըրանքումըն կայ, վու՛նց դավթարումըն.
Քու տըվածըն ուրիշ դիղ է, ու՛րիշ դիղ.
ուրիշ դիղ, ա՜ման, ու՛րիշ դիղ »:

ODE N°18 — Autre chose, ailleurs

(le 3 septembre 1756)

« Comment peuvent me secourir le médecin, le guérisseur ?
Ce que tu me donnes est un autre remède, autre chose.
La blessure ne se referme pas, le remède la brûle.
Ce que tu me donnes est un autre remède, autre chose.
Ô C'est un autre remède, autre remède. »

Elle dit : «Va ! Éloigne-toi, pars ! Loin de mes yeux, éloigne-toi !
Ce que tu dis est autre chose, ce que tu dis est ailleurs.
De ce que tu as dit et fait, rien ne subsistera pour toi.
Ce que tu dis est autre chose, ce que tu dis est ailleurs.
Ô C'est autre chose, ailleurs. »

Je répondis : « À cause de ton amour, je fuis ma maison.
Faibles sont mes mains fragiles, je n'œuvre plus comme autrefois.
Mon cœur brûla, mon corps s'usa, ma vie même, tout s'épuisa.
Ce que tu me donnes est un autre remède, autre chose.
Ô C'est un autre remède, autre remède. »

Elle répondit : « Hélas, mon remède ne te soulagera pas.
Si tu as encore tes esprits, trouve un moyen, sauve-toi !
Sinon, déchirements et tourments t'attendent, t'accableront.
Ce que tu dis est autre chose, ce que tu dis est ailleurs.
Ô C'est autre chose, ailleurs. »

« Je suis le Rossignol, ma Rose resta couverte d'épines.
Tu apportas le feu dans la blessure de mon cœur.
Cela n'existe ni dans les contes, ni dans les recueils.
Ce que tu me donnes est un autre remède, autre chose.
Ô C'est un autre remède, autre remède. »

Ասաց թէ․«Քի զարար շինեցիր շահըդ․
Կըտրեցիր ադաբըդ, կըտրեցիր ահըդ․
Մի՛ վիթի արունըդ, մի՛ շանց տայ մահըդ․
Քու սասածըն ուրիշ տիղ է, ու՛րիշ տիղ․
ուրիշ տիղ է, ա՜ման, ու՛րիշ տիղ»։

Ասի թէ․«Մազիրըդ սիրմա իս անում,
Հէնց գիդիս՝ չի՞մ գիդի, եա՛ր, չի՞մ իմանում,
Սէրէդ ինձ մահ դառաւ, էլ չի՛մ դիմանում․
Քու տըվածըն ուրիշ դիղ է, ու՛րիշ դիղ․
ուրիշ դիղ, ա՜ման, ու՛րիշ դիղ»։

« Թագաւուրի թագի լալիղ քարըն իմ,
Ծիրինի պես Փահրադի դիդարըն իմ,
Ցիս է՛ն գըլխէն Սայաթ-Նովու եարըն իմ․
Քու սասածըն ուրիշ տիղ է, ու՛րիշ տիղ․
ուրիշ տիղ, ա՜ման, ու՛րիշ տիղ»։

« Հիդըս խօ՛սի, մի՛ կէնայ խըռովի պէս․
Տալղա տըվիր՝ գէմիս տարար ծովի պէս․
Կու միռնիմ․ չիս տեսնի Սայաթ-Նովի պէս․
Քու տըվածըն ուրիշ դիղ է, ու՛րիշ դիղ․
ուրիշ դիղ, ա՜ման, ու՛րիշ դիղ»։

Elle rétorqua : «Tu n'as gagné que des pertes, des dommages.
Tu perdis la modestie, la courtoisie, tu oublias la peur.
Ne verse pas ton sang en vain, n'appelle pas ton trépas.
Ce que tu dis est autre chose, ce que tu dis est ailleurs.
Ô C'est autre chose, ailleurs. »

Je répliquai : « Mais, tes cheveux ont la brillance de l'argent.
Mon amour, tu penses que je ne le sais, ne comprends rien.
Ton amour devint ma mort, ma tombe. Je n'y résiste plus.
Ce que tu me donnes est un autre remède, autre chose.
Ô C'est un autre remède, autre remède. »

« Moi, la Pierre, digne de la couronne royale, je suis.
Comme la Chirine, pour Fahrad, l'image d'Amour, je suis.
Depuis toujours, pour jamais, l'Amie de Sayat-Nova, je suis.
Ce que tu dis est autre chose, ce que tu dis est ailleurs.
Ô C'est autre chose, ailleurs. »

« Parle-moi, ne demeure pas enfermée dans ton silence.
Tu m'emportas, comme le navire fut emporté par les vagues.
Je mourrai. Comme Sayat-Nova, tu ne verras plus personne.
Ce que tu me donnes est un autre remède, autre chose.
Ô C'est un autre remède, autre remède. »

19

Դաստամազըդ՝ սիմ ու շարբաբ, նամ շաղ էկած ուէճան է.
Ունքիրըդ՝ ղալամով քաշած, էրեսըդ զարնըշան է.
Ակըռքնիրէդ՝ լալ ու մարգրիտ, ռանգիդ մարդ կու էրանէ.
Թաք յիս միռնիմ՝ դու՛ն սաղ ըլիս, էշխըդ իմ գերեզման է.
Նազիդ միռնիմ, նազ մի՛ անի, նազըդ ինձ կու սըպանէ:

Վուր բըլբուլին վարդըն [խաբէ, աքա] խարին թամա՛մ է.
Ումնոր կանց միզի լաւ սիրիս՝ Աստուած չարին թամա՛մէ.
Դիդարէդ կարօտ մընացի՝ էրկու տարին թամամ է.
Թաք յիս միռնիմ՝ դու՛ն սաղ ըլիս, էշխըդ իմ գերեզման է.
Նազիդ միռնիմ, նազ մի՛ անի, նազըդ ինձ կու սըպանէ:

Թառամեցաւ կարմիր վարդըն, բաղըն բըլբուլ չէ գալի,
Սիրտըս եարալու շինեցիր, էրվում իմ մըրմընջալի.
Էշխէմէդ ճիւանդացիլ իմ, պառկած իմ դըժար ճալի.
Թաք յիս միռնիմ՝ դու՛ն սաղ ըլիս, էշխըդ իմ գերեզման է.
Նազիդ միռնիմ, նազ մի՛ անի, նազըդ ինձ կու սըպանէ:

ODE N°19 — Ta grâce m'occit
(1er mars 1754)

Ta chevelure, fils de soie,
Ressemble au basilic perlé.
Tes sourcils sont si dessinés,
Tes attraits signent ta beauté.
Tes dents blanches sont des perles,
Et ton teint émerveille.
Que je meure et que tu vives,
Ton amour devient ma tombe.
Tes appas ravissent ma vie,
N'éblouis pas, ta grâce m'occit.

Si le Rossignol est trompé,
La Rose mérite ses épines.
Si tu aimes quelqu'un plus que nous
Que Dieu châtie alors ce mal.
Deux années se sont écoulées,
Nostalgique, fus de ton visage.
Que je meure et que tu vives,
Ton amour devient ma tombe.
Tes appas ravissent ma vie,
N'éblouis pas, ta grâce m'occit.

Puis la Rose rouge s'est flétrie ;
Plus de Rossignol au pourpris.
Et tu rendis mon cœur meurtri,
Lentement, je me consume.
Ton amour, malade me rendit,
Très affaibli, je garde le lit.
Que je meure et que tu vives,
Ta beauté devient ma tombe.
Tes appas ravissent ma vie,
N'éblouis pas, ta grâce m'occit.

Մէջլումի պէս սարն իմ ընձգի, Լէյլումէն խաբար չունիմ.
Էշխէմէն սիրտըս էրվում է, ճովանալու ճար չունիմ.
Ա՛ստուած վըկայ, աշխարճումըս յիս քիզ աւել եար չունիմ.
Թաք յիս միռնիմ՝ դու՛ն սաղ ըլիս, էշխըդ իմ գերեզման է.
Նազիդ միռնիմ, նազ մի՛ անի, նազըդ ինձ կու սըպանէ:

Սայաթ-Նովէն ասաց՝ զա՛լում, աչքըս լալիս է արին,
Հում կաթնա՛կիր՝ Աթամի զա՛թ, նա՛լաթ քու էյթիբարին.
Իղրարէմէն շուտ անցկացար, ու՞ր է եարասուն տարին.
Թաք յիս միռնիմ՝ դու՛ն սաղ ըլիս, էշխըդ իմ գերեզման է.
Նազիդ միռնիմ, նազ մի՛ անի, նազըդ ինձ կու սըպանէ:

Tel Medjnoun, dans les montagnes,
— Aucune nouvelle de Leïla.
De l'amour mon cœur incendie,
— Impossible de le calmer.
Dieu m'est témoin, je n'ai vraiment
Aucun autre amour, que toi.
Que je meure et que tu vives,
Ton amour devient ma tombe.
Tes appas ravissent ma vie,
N'éblouis pas, ta grâce m'occit.

Et Sayat-Nova ajouta :
Cruelle, le sang coule de mon œil.
O Immature fils d'Adam,
Maudite soit ta confiance.
Vite oubliée, — ta promesse,
Où sont passés tes trente ans ?
Que je meure et que tu vives,
Ton amour devient ma tombe.
Tes appas ravissent ma vie,
N'éblouis pas, ta grâce m'occit.

20

Մէջլումի պէս կորաւ եարըս,
Լէ՛յլի ջան, ման իմ գալի
եա՛նա-եանա·
Էրվեցաւ խունի ջիգարըս,
Արնի պէս աչքս է լալի·
եա՛նա-եանա, եա՛նա-եանա։

Բըլբուլի նըման լացիլ իմ,
Աչքիրըս արնով թացիլ իմ,
Էշխէմէդ հիւանդացիլ իմ·
Պառկած իմ դըժար հալի·
եա՛նա-եանա, եա՛նա-եանա։

Էշխէմէդ դառիլ իմ յիզիդ,
Հալվեցայ, մաշվեցայ քիզիդ,
Ռա՛հմ արա, մէ խօ՛սէ միզիդ·
Բէմուրվաթ, ձէն իմ տալի·
եա՛նա-եանա, եա՛նա-եանա։

Էրվում իմ, կանչում իմ ա՜ման·
Ծուցըդ՝ բաղ, ունքիրըդ՝ քաման·
Աշխարհիս մէջըն քիզ նըման
Չիմ տեսած, ման իմ գալի
եա՛նա-եանա, եա՛նա-եանա։

Մանու՛շակ բաց արած հովին,
Կարմիր վա՛րդ, ծա՛ղիկ հուտովին,
Շատ մի՛ լաց՚նի Սայաթ-Նովին,
Ա՛չքի լուս, կըսկըծալի·
եա՛նա-եանա, եա՛նա-եանա։

ODE N°20
Et dolemment et en souffrant
(1757)

Comme Medjnoun, l'Amie est perdue,
Ma Leïla, moi je te cherche, et dolemment et en souffrant.
Se consuma mon cœur blessé,
Mon œil est pourpre tel le sang, et dolemment et en souffrant.

Comme le Rossignol j'ai pleuré,
Mes yeux, je les remplis de sang.
Ton amour me rendit souffrant,
Je ne peux que garder le lit, et dolemment et en souffrant.

Ton amour me rendit sans foi,
Je m'épuisai, fondis pour toi.
Parle un peu de nous, aie pitié !
Ô Cruelle, et moi je t'appelle, et dolemment et en souffrant.

Je brûle, secours, je vais quérir ;
Poitrine-jardin et sourcils d'arcs.
Et ici sur cette terre, comme toi,
Vue n'en ai point, vais désirant, et dolemment et en souffrant.

Ô la violette ouverte au pré,
Rose écarlate, fleur parfumée.
Ne fais pleurer Sayat-Nova
Aux sanglots, lumière de mes yeux, et dolemment et en souffrant.

21

Էշխէմէն էնպէս վառվիլ իմ.
Վունց Մէջլում՝ եա՞ր իմ ասում
Էնտիղէ՞մէն,
Գօզալի տիսուն կարօտ իմ՝
Հի՛դ քաշվի սա՛ր իմ ասում,
Էնտիղէ՞մէն, էնտիղէ՞մէն:

Ղուրբան իմ ծուցիդ նըռանըն,
Հոգիս տամ շիմշատ կըռանըն,
Թաք պառկիմ եարի դըռանըն.
Գըլխօքըս քար իմ ասում,
Էնտիղէ՞մէն, էնտիղէ՞մէն:

Հագիլ իս ատլաս խասէմէն,
Խըմե՛ցուր ձեռիդ թասէմէն,
Համաշա էշխիդ բասէմէն,
Էրվում իմ, ճա՞ր իմ ասում.
Էնտիղէ՞մէն, էնտիղէ՞մէն:

Բաղ կու սիրիմ, յիս բաղման չիմ,
Բաղի տիրուջըն ճանանչ իմ,
Բըլբուլ իմ, սիրով վա՞րդ կանչիմ.
Հի՛դ քաշվի, խա՛ր իմ ասում.
Էնտիղէ՞մէն, էնտիղէ՞մէն:

Մէջլիսնիրու խաղըն դուն իս,
Վանքիրումըն տաղըն դուն իս,
Սայաթ-Նովու բաղըն դուն իս.
Կարօտ իմ, բա՞ր իմ ասում,
Էնտիղէ՞մէն, էնտիղէ՞մէն:

ODE N°21 — Où je suis
(5 avril 1757)

L'Amour, fort me brûla ainsi,
Et comme Medjnoun, j'appelle l'Amie,
De ce Feu ardent où je suis,
De voir la Belle, je me languis,
5 Éloigne-toi, gardant esprit, de ce Feu ardent où je suis.

Ô Je meurs pour tes seins-grenades,
Rendre l'âme pour tes bras délicats.
Sur ton seuil, que je reste couché ;
9 Ma tête, là, sur une pierre, posée, de ce Feu ardent où je suis.

Vêtue de soie et de satin,
J'ai bu au calice de tes mains,
A cause de ton amour, sans fin,
13 Je me brûle et je cherche du baume, de ce Feu ardent où je suis.

Sans être jardinier, j'aime le jardin,
Je connais le maître du jardin,
Moi, le rossignol, j'appelle une rose,
17 Prends garde aux épines, éloigne-toi, de ce Feu ardent où je suis.

La chanson des festins, c'est toi.
Le chant des monastères, c'est toi.
Toi, jardin de Sayat-Nova,
21 Je me languis, lance ma parole, de ce Feu ardent où je suis.

22

Բլբուլի ճիդ լաց իս էլի,
Վարդի նըման բաց իս էլի,
Վարդաչըրով թաց իս էլի.
Թա՛ց իս էլի:
Չըկայ քիզի նըման, չըկայ քիզի նըման.
Քիզ նըման, քիզ նըման, դու՛ն իս աննըմա՛ն:

Սիրունութինդ էլաւ արբաք,
Մազիր ունիս սիմ ու շարբաք.
Քի սազ գուքայ դուշլու զարբաք.
Դու՛շլու զարբաք:
Չըկայ քիզի նըման, չըկայ քիզի նըման.
Քիզ նըման, քիզ նըման, դու՛ն իս աննըմա՛ն:

Էրեսըդ է շամս ու ղամար,
Ջանըս դուս գուքա քիզ ամար.
Մէջքիդ ունիս օսկէ քամար.
Օ՛սկէ քամար:
Չըկայ քիզի նըման, չըկայ քիզի նըման.
Քիզ նըման, քիզ նըման, դու՛ն իս աննըմա՛ն:

ODE N°22 — La Sans pareille
(en mars 1752)

Pleurée avec le Rossignol,
Ouverte comme une rose,
Couverte de l'eau de rose,
De l'eau de rose.

Tu es sans pareille, tu es sans pareille,
Sans pareille, sans pareille.
7 Toi, l'inégalée !

Ta beauté causa du tourment,
Tes cheveux sont des fils de soie,
Sublime en brodés d'oiseaux,
En brodés d'oiseaux.

Tu es sans pareille, tu es sans pareille,
Sans pareille, sans pareille.
14 Toi, l'inégalée !

Ton visage, Lune et Soleil,
Ma vie, pour toi, elle s'épuise.
La ceinture d'or embrasse ta taille,
La ceinture d'or.

Tu es sans pareille, tu es sans pareille,
Sans pareille, sans pareille.
21 Toi, l'inégalée !

Հագիդ զարըն ալ իս արի,
Բըլբուլի ճիդ լալ իս արի.
Բարգ էրեսիդ խալ իս արի,
Խա՛լ իս արի:
Չըկայ քիզի նըման, չըկայ քիզի նըման.
Քիզ նըման, քիզ նըման, դու՛ն իս աննըմա՛ն:

Դարդըս ասիմ՝ գուլան սարիր,
Էս ի՞նչ բան էր, վուր դուն արիր,
Սայաթ-Նովուն ջունուն արիր,
Ջու՛նուն արիր:
Չըկայ քիզի նըման, չըկայ քիզի նըման.
Քիզ նըման, քիզ նըման, դու՛ն իս աննըմա՛ն:

Des rubis, tes robes aux fils d'or,
Le Rossignol est ton idylle.
Grain de beauté sur ta face-feu,
Ô grain de beauté !

Tu es sans pareille, tu es sans pareille,
Sans pareille, sans pareille.
Toi, l'inégalée !

Mes chagrins font pleurer les cimes.
Quel triste état as-tu créé ?
Ton Sayat-Nova devint fou,
Tu l'as rendu fou.

Tu es sans pareille, tu es sans pareille,
Sans pareille, sans pareille.
Toi, l'inégalée !

23

Վունցոր վուր ղարիբ բըլբուլըն մէ տարով բաղին կարօտ է,
Էնէնց գուլայ քու սիրողըն՝ ձեռիդ արաղին կարօտ է․
Դուն ուիրշի հիդ մի՛ խոսի, քու ճուրտըն աղին կարօտ է․
Հասիլ է ծուցիտ շամամըն՝ օսկե թաքաղին կարօտ է։

Մէ զադ չըկայ՝ գուման ածիմ, ասիմ՝ է՛ն նըման է գունքըդ,
Անղալամ, անզարնիշ քաշած օսկու պէս է փայլում ունքըդ․
Բոյէմէդ չուրս մատըն աւելի, լըցվիլ է դօշդ ու թիկունքըդ․
Ջարով, աբրէշումով հուսած մազիրըդ շաղին կարօտ է։

Դուն խօմ է՛ն գըլխէն գոված իս,յիս քիզ նուրմէկ գովիմ՝ա՛րի․
Ծուցըդ վարաղնած հուջրա է, հոտ ունէ մուշկ ու ամբարի․
Իրէք հարուր վացունուվից՝ ամէն անդամըդ ղարար է․
Կըրըդ՝ շիմշատ, մատնիրըդ՝ մում՝ բըրօլէ ճաղին կարօտ է։

Յիս էլ ուրիշ եար չիմ սիրի, աշխարհումըս դու՛ն իս իմըն․
Թէ մէ շաբաթ քիզ չիմ տեսնի, կու կըտրիմ քամանչի սիմըն․
Թէգուզ թագաւուրըն կանչէ, թէգուզ Լողմայի հէքիմըն՝
Վու՞ր մէ դարդըս կու հասկանան․դուգունըս դաղին կարօտ է։

Գիշեր-ցերեկ ման իմ գալի՝ էշխէդ եա՛նա-եանա,գօ՛զալ,
Ա՛նգաճ արա, մա՛տաղ իմ քիզ, մէ քիչ կա՛մաց գընա,գօ՛զալ
Աշխարհըս ու՞մըն է մընացի, վուր ինձ ու քիզ մընայ,գօ՛զալ,
Մակամ միռա՞ւ Սայաթ-Նովէն՝ անգաճըդ խաղին կարօտ է։

ODE N°23
Monde, ni pour toi, ni pour moi
(1758)

Depuis un an, le Rossignol errant, du jardin se languit.
Comme ton soupirant de la coupe grisante de ta main, se languit.
Je t'en prie, ne parle pas à autrui, ton serf, du maître, se languit.
Dans ta poitrine, des fruits mûrissent, du plateau d'or, ils se languissent.

Il n'y a pas d'équivalent pour comparer tes agréments.
Tes sourcils ont l'éclat de l'or et point n'ont besoin d'ornement.
Mieux que ta taille fort élancée ta poitrine est épanouie.
Tes cheveux tressés de soie et d'or ; de la rosée, se languissent.

Toi, depuis toujours louangée, de nouveau, je t'ai glorifiée.
Ta poitrine, coffret orné est tout empli de musc et d'ambre.
Et dans ton beau corps sublime figure l'harmonie interne si pure.
Tes bras, branches fines, tes doigts-cierges, du lustre-cristal, se languissent.

Je n'aurai point d'autres amours ; toi, seule et unique pour moi.
Une longue semaine sans toi, couper les cordes au qamantcha.
Ni le médecin Lorman, ni le Roi, ils ne comprendront pas,
Mes maints et immenses soucis. Ma plaie, de la brûlure, se languit.

Belle, en souffrant, nuit et jour, pour ta beauté, j'erre, pour toi,
Belle, écoute ton sacrifié. Ne presse point ton pas ainsi,
Belle, nul n'est ici pour toujours. Monde, ni pour toi, ni pour moi.
Sayat-Nova est-il mort ? De la mélodie, tu te languis.

24

Մէ խօսք ունիմ իլթիմազով, ա՛նգաճ արա, ո՜վ աչքի լուս,
Սըրտումըս ինթիզար ունիմ, քու տիսըն բա՛րով, ա՛չքի լուս,
Աջաբ քիզ ի՞նչ գէթ իմ արի՝ կէնում իս խըռով, ա՛չքի լուս,
Աշխարհըս աշխարհով կըշտացաւ,յիս քիզանից սով,ա՛չքի լուս։

Մակամ օչով եար չէ սիրի՞, էս ի՞նչ արիր, էս ի՞նչ բան ա.
Էշխէմէդ ջունուն իմ էլի, ման իմ գալի եանա-եանա.
Էս դարդէն օչով չըքաշէ, վուր մէ դա՛նգին չի դիմանայ.
Սիրտըս լուրի պէս խորվեցիր էշխիդ կըրակով, ա՛չքի լուս։

Դօստիրըս դուշման շինեցիր, եադիրուն ի՞նչպէս դօստ անիմ.
Անցկացած օրըն չիմ տեսնում,քանի գ՚ուզէ վուր ղաստ անիմ.
Ա՛ստուձ վըկայ,խիստ դըժար է,գըլուխըս ի՞նչպէս դուս տանիմ.
Ցիս մէ փուքըր նաւի նըման, քու էշխըն է ծով,ա՛չքի լուս։

ODE N°24 — Lumière de mes yeux (1758)

Cette parole, parole en prière,
Écoute-la, lumière de mes yeux.
L'attente triste habite mon cœur ;
Te voir, quelle joie, lumière de mes yeux.
Tu ne m'adresses même plus la parole,
Suis-je fautif, lumière de mes yeux ?
Chacun eut sa part. Moi, je reste
Affamé, lumière de mes yeux.

D'autres personnes aiment-elles aussi,
Qu'est-ce que tu fis, qu'est-ce que je vis ?
Car ton amour, fou me rendit,
Je vagabonde, tout en souci.
Si l'on souffre de moindre peine,
Nul ne porterait mon chagrin.
Ton feu d'amour grilla mon cœur,
Comme une caille, lumière de mes yeux.

Des amis, ennemis tu fis,
Avec eux, aurai-je l'amitié ?
Je ne vois plus le jour passer,
Même si je fais beaucoup d'efforts.
Dieu témoin, comment puis-je faire ?
Très difficile de m'en sortir.
Ton amour est une mer, et moi,
Un bateau, lumière de mes yeux.

Գ'ուզիմ բերանըս բաց անիմ, գովքըդ ասիմ թարիփի պէս.
Տաս տարի է մաՆ իմ գալիս փադիշահի շարիփի պէս.
Օխտըն տարի էլ մաՆ գուքամ՝ սազըն ձեռիս Ղարիբի պէս.
Բութա Շահսանամըս դուն իս, էլ չունիմ օչով, ա՛չքի լուս:

Թէգուզ հազար դարդ ունենամ, յիս սըրտումըս ա՞հ չիմ ասի.
Իմ հուքմի-հէքիմըն դուն իս, յիս էլ ուրիշ շա՛հ չիմ ասի.
Սայաթ-Նովէն ասաց՝ զա՛լում, յիս էն մահին մա՛հ չիմ ասի,
Հէնչաք ըլի՝ դու՛ն վըրէս լաս, մազըդ շաղ տալով, ա՛չքի լուս:

Des éloges, tant je veux en faire,
Comme on conte une histoire.
Depuis dix ans sur les chemins,
Comme le chevalier royal, j'erre.
Je marcherai encore sept ans,
Comme le Gharib, lyre à la main.
Tu es ma Shahsaname promise,
Personne d'autre, lumière de mes yeux.

Même si j'ai mille chagrins, douleurs,
Point de souffrance dans mon cœur,
Je n'aurai guère d'autre suzerain,
C'est toi, mon juge souverain,
Sayat-Nova dit : « Ô Cruelle !
La mort ne sera plus la mort,
Si seulement sur moi tu pleures,
Cheveux défaits, lumière de mes yeux. »

25

Անգին ակըն վըրէդ շարած,անբան օսկու ռախտ իս,գօ՛զալ,
Աստուած քիզ ու ընրա՛ն պահէ,ում հիդ վուր ընվախտ իս,գօ՛զալ,
Բըլբուլին լիզու շինեցիր, դուն վարդի դըրախտ իս,գօ՛զալ,
Վարդըն մէ ամիս ումբըր ունէ.դուն ամենան վախտ իս,գօ՛զալ:

Մէմէկ մէմէկ էլ չի ասվի՝ թարիփըդ դառաւ քուլիչով.
Պատիրըդ զարով, զարբաբով, դօշամէդ՝ խալով, խալիչով.
Տախտակնիրըն՝ էրծաթէմէն, միխիրըն՝ օսկէ գուլիչով.
Խոսրով փաչայէմէն թողած,դուն Թօվուզի թախտ իս,գօ՛զալ:

Սկանդարի-Զուլղարի թողած ջավահիր իս, անգին լալ իս.
Դանգըն դանգի միջէն հանած,հիդքաշած մըսխալ-մըսխալ իս.
Ցիփ դուն սէյրանգահըն կ՚էհաս, օչով այնումըդ չէ գալիս,
Փաք չունիս փաչազադիմէն,անղամ,առանց սախտ իս,գօ՛զալ:

Թէգուզ մըտօք ճարտար ըլի, կանց Սողոմոն դադա ըլի,
Թէգուզ մարգարիտով լիքըն, թէգուզ սադափ, սադա ըլի,
Թէգուզ արեգակ, լուսնիակ, թէգուզ հուրիզադա ըլի,
Էտ քու ամէն մարիփաթով դիփունին կու ախտիս,գօ՛զալ:

Ցիրգնուց վըրէդ ձուն է էկի՝փունջ մանուշակ նուր իս,ջա՛նում,
Մօդըդ ընստողըն կու էրվի՝ էդ նազի տէր վուր իս,ջա՛նում,
Դիռ Սայաթ-Նովէն չէ միռի՝ դուն ինչի՞ տըխուր իս,ջա՛նում,
Թաք յիս միռնիմ,դուն սաղ ըլիս,գերեզմանըս վա՛ղ տիս,գօ՛զալ:

ODE N°25 — Belle, que je meure avant toi
(1758)

Belle, tu es l'apport fin de l'or pur paré de gemmes précieuses.
Belle, que Dieu veille sur vous, avec qui tu partages la tendresse.
Belle, paradis fait de roses, la langue du rossignol, tu délies.
Belle, la rose n'est qu'éphémère ; toi, sans saison, à l'infini.

Ton histoire se raconte, des fables et contes, en quantité.
Sur le parquet, des tapis, aux murs de ta demeure, tentures d'or.
Les planches sont toutes en argent, et les clous ont tête d'or.
Belle, comme le Trône de Thovouz, par le roi Khosrov, légué.

Toi, brillant rubis, la perle, par Alexandre le Grand, laissée.
D'une précision si parfaite, vérifiée avec soin, pesée.
Personne n'attire ton regard, lors des promenades au jardin.
Belle, la peur du prince n'est pas pour toi ; sans souci, ni chagrin.

Même si l'autre est érudite, sage comme le roi Salomon,
Magnifiée de perles éclatantes, ou bien de nacre pure,
Même si reine de la beauté, comme le Soleil et la Lune,
Belle, l'unique entre toutes, avec tes grâces, tu triomphes.

Ma chère, bouquet de violettes, couvertes de neige de nuit.
Ma chère, avec tes charmes, tu brûles l'homme auprès de toi.
Ma chère, ne sois pas éplorée ; Sayat-Nova n'est point transi.
Belle, que je meure avant toi, que mon ultime demeure, tu voies.

26

Թամամ աշխարհ պըտուտ էկայ, չըթուղի Հաքաշ, Նազա՛նի,
Զըտեսայ քու դիդարի պէս՝ դուն դիփունէն բաշ, Նազա՛նի.
Թէ խամ հագնիս, թէ զար հագնիս, կու շինիս ղու՛մաշ, Նազա՛նի.
Էնդու համա քու տեսնողըն ասում է՝ վա՜շ, վա՜շ, Նազա՛նի:

Դուն պատուական ջավահիր իս, է՛րնեկ հու առնողին ըլի.
Ով կու գըթնէ, ա՛խ չի քաշի, վա՜յ քու կորցընողին ըլի.
Ափսուս վուր շուտով միռիլ է, լուսըն քու ծընողին ըլի.
Ապրիլ էր, մեկ էլ էր բերի քիզի պէս նաղաշ, Նազա՛նի:

Դուն էն գըլխէն ջուհարդար իս, վըրէդ զարնըշան է քաշած,
Դաստամազիդ թիլի մէջըն մէ շադա մարջան է քաշած,
Աչքիրըդ ուսկէ փիալա, չարխէմէն փընջան է քաշած,
Թերթերուկըդ նիտ ու նաշտար, սուր ղալամթըրաշ, Նազա՛նի:

Էրեսըդ, փարսէվար ասիմ, նըման է շամս ու ղամարին.
Բարակ մէջքիդ թիրման շալըն նըման է ուսկէ քամարին,
Ղալամըն ձեռին չէ կանգնում, մաթ շինեցիր նաղաշքարին.
Յիփ նըստում իս՝թութի ղուշ իս, յիփ կանգնում իս՝նաշ, Նազա՛նի:

Յիս էն Սայաթ-Նովասին չիմ, վուր ազի վըրայ հիմանամ.
Աջաբ միզիդ ի՞նչ իս կամում, սըրտէդ մէ խաբար իմանամ.
Դուն՝ կըրակ, հագածըդ՝ կըրակ, վու՞ր մէ կըրակին դիմանամ.
Հընդու ղալամքարու վըրէն ծածկիլ իս մարմաշ, Նազա՛նի:

ODE N°26 — Nazanie, l'Inégalée
(1758)

J'ai visité la terre entière, même l'Abyssinie, Nazanie,
Je n'ai pas trouvé ta pareille, toi l'inégalée, Nazanie,
Habits de toile ou tissés d'or, sur toi sont en soie, Nazanie,
Pour cette raison ceux qui te voient, leur cœur soupire, Nazanie.

Tu es la Perle noble et bienheureux sera ton prétendant,
Heureux celui qui te trouvera et malheureux le perdant,
Bénie soit l'âme de ta mère, morte si jeune, sombre destin,
Elle aurait enfanté une autre beauté, comme toi, Nazanie.

Tu es splendide, depuis toujours tu portes en toi la beauté,
En ta coiffure en longues boucles, tenue de corail en rangées,
Tes yeux, porcelaine dorée, œuvre du maître, s'illuminent,
Tes cils, pareils aux armes tranchantes, flèche, scalpel, Nazanie.

Je le chanterai même en persan, ton visage — Lune et Soleil,
Un simple maintien enroulé sur ta fine taille — ceinture d'or,
Ébloui, le peintre ne peut garder plus longtemps son pinceau,
Assise — oiseau à plumes d'or, debout — jument-feu, Nazanie.

Je ne suis plus ce Sayat-Nova pour bâtir sur le sable,
Enfin, quant à nous, que souhaites-tu ? Dis-moi, que dit ton cœur ?
Tu es le feu, vêtue de feu, à quel feu résisterai-je ?
Et la mousseline cache ta robe peinte venue des Indes, Nazanie.

27

Յա՛ր, քիզ իսկի զավալ չըլի՝ քու դուշմընին՝ շա՛ռ բացարած.
Հուտըդ աշխարհըս բըռնիլ է՝ բալասանի ծա՛ռ բացարած.
Թըղթիրըդ ոսկէ վարաղով՝ Ասմաւուր իս՝ ճառ բացարած.
Տեսնողըն շարքըն չի գիդի, Լուսնի աստղ պայծառ բացարած:

Ամէն մարդ չի կարայ մըտնի՝ էշխիդ ջուրըն հիդ է, զա՛լում.
Մըտնում է եարսուն կարմունջըն՝չասիս,թէ մէ՛ գիդ է,զա՛լում,
Ունքիրըդ սալիղ սադաղ է, թերթերուկըդ նիտ է, զա՛լում.
Մըտնողըն էլ չի դուս էհայ՝ դուռ,մահու պատճառ,բացարած:

Բարակ մէջքըդ ղարղուղամիշ, էրեսըդ թայգուլի նըման.
Օրըն եարսուն ռանգ կու փոխիս,վու՛նց մէկը չէ տուլի նըման.
Ցիփ խաղում իս՝ վըռվըռում իս օձի բերնի հուլի նըման.
Մութըն տիղըն լուս իս տալի առանց կըրակ՝ վառ բացարած:

Բարովողին բարով չիս տայ՝ թագաւուրի սալամի պէս.
Ձեռնիրըդ՝ սիպտակ մագաղաթ, լիզուդ ոսկէ ղալամի պէս.
Զարուզարբաբէ դըրօ՛շա՝ ման իս գալի ալամի պէս.
Տեսնողըն էնպէս կ'իմանայ՝ շահ իս գալի՝ ջառ բացարած:

Եա՛ր, քիզանից հիռանալըս միռնիլուս վըրայ դըժար ա.
Լիզուդ՝ քաղցըր,խօսքըդ՝քաղցըր,ակըռքնիրըդ անգին քար ա.
Իրէք քըսան ու տաս խալըն էրեսիդ բոլորքըն շար ա,
Վունցոր Սայաթ-Նովու լիզուն եօթանասուն բառ բացարած:

ODE N°27
Plume d'or et parchemin blanc
(9 octobre 1758)

Ma mie, sois hors du danger. À ton ennemi, malheur ouvert.
Ton parfum se disperse sur la terre, arbre-baume ouvert.
Recueil des récits sacrés aux feuilles dorées, prêche ouvert.
Qui le voit, oublie les règles, brillant astre lunaire ouvert.

Cruelle, ton amour, eau en furie, tous ne peuvent y pénétrer,
Cruelle, il n'est pas un simple fleuve, trente ponts le franchissent,
Cruelle, tes sourcils sont des arcs et tes longs cils sont des flèches,
Qui y entre, n'en sort plus, porte, raison de mort ouverte.

Ton visage est bouquet de fleurs, ta taille est de roseau noble.
Pendant le jour, tu changes tes toilettes ; maintes fois, moult voiles.
Tu bouges, tu brilles, cachée par le Serpent fabuleux, la Perle.
Sans feu, tu flambes dans l'obscurité, de flammes ouvertes.

Le bonjour reste sans ta réponse, tel le salut royal.
Ta langue est une plume d'or, et tes mains, parchemin blanc.
Bannière toute brodée d'or, tu te promènes fièrement.
Les gens pensent qu'un roi arrive, suite, garde ouverte.

Ma mie, ta séparation est plus dure à vivre, que la mort.
Tes dents, des perles précieuses, langue et paroles délicates.
Les grains de beauté couronnent ta belle figure parfaite.
Telle la langue de Sayat-Nova, septante paroles ouvertes.

28

Էշխեմեդ անդանակ էլայ, եկ մօ՛րթէ՝ ջալլաթըն դուն իս,
Մի՛ սպանի հասրաթեմեդ՝ սըրտիս խըջալաթըն դուն իս.
Թագաւուրի քարխանէմէն դուս էկած խալաթըն դուն իս,
Հինդ ու Հաբաշ, Արաբըստան, Խորասնու Քալաթըն դուն իս:

Բարգ էրեսըդ կըրակ ընգած օսկու ըրման ջիռանում է,
Էնդու համա քու տեսնողի խիլքըն գըլխէն հիռանում է.
Ով չէ տեսի, տիստ է ուզում, ով տեսնում է՝ միռանում է.
Օսկէ վարաղով վարաղնած սուրաթ-մագաղաթըն դուն իս:

Ծառըն քու էշխէն կու միռնի, չի դիմանայ ինթիզարի.
Տարէնըն մէ գամ բաց կու՛լիս, մա՛թահ Ծահրադէլ բազարի.
Է՛րնէկ ըլի քու տիրուջըն՝ մըտիկ տալէն չի բէզարի.
Ամառն ու ձըմիռըն ծաղկած գուլբաղ ու բաղաթըն դուն իս:

Մուզդ ունէ էն նաղաշքարըն, վուր թահրըդ ղալամով հանայ,
Ծակտէդ ունքըդ չի կանայ գայ, քանի գ՛ուզէ վուր շատ ջանայ,
Էնդու համա ծարաւ մարդըն քու ջըրէմէն չի կըշտանայ.
Ծիրազու շուշումըն ածած նաբաթէ շարբաթըն դուն իս:

Է՛րնէկ մօտըդ ընստող եարին, վուր քիզի պէս համդամ ունէ.
Խայյան եարին չէ ռաստ էկի, քիզանից խաթըրջամ ունէ.
Սայաթ-Նովէն, վուր քի՛զ ունէ, աշխարհումըս ի՞նչ ղամ ունէ.
Խաթաբանդով չարա-չարդախ, քօշկ ու ամարաթըն դուն իս:

ODE N°28
L'or jeté au brasier
(6 septembre 1758)

Je devins fou de ton amour. Viens, tue ! Le bourreau, c'est toi.
Ne m'occis pas de nostalgie, la pudeur de mon cœur, c'est toi.
Faite dans les ateliers royaux, la robe d'honneur, c'est toi.
L'Inde, l'Arabie, le village Qalat du Khorassan, c'est toi.

Ton visage lumineux rougit, comme l'or jeté au brasier.
C'est pour cela, celui qui te voit, perd le sens des mesures.
Qui ne t'a pas vue veut te voir, qui te voit est mortifié.
C'est toi, au visage de parchemin, aux enluminures.

Face à l'attente, impuissants, de ton amour, beaucoup meurent,
Ouverte une fois par an, — l'objet rare du marché de Delhi.
Il se lassera point de te voir, pour ton maître, quel bonheur.
C'est toi, en été et en hiver, la roseraie fleurie.

Louanges au bon peintre, qui pourra dessiner tes traits fins.
Ses efforts sont dérisoires, pour peindre tes yeux et ton front.
Pour cette raison, ton eau, on la boirait sans soif et sans fin.
C'est toi, l'eau sucrée, gardée dans du verre de Chiraz en flacon.

T'avoir comme Dame de cœur, quel bonheur pour ton damoiseau.
Il n'a pas rencontré l'amie rouée, il vit en confiance.
Tu vis. Donc, quelle souffrance pourra toucher Sayat-Nova ?
C'est toi, le château aux salles voûtées, aux vitraux.

29

Ինձ ու իմ սիրեկան եարին մէ տարի բերած գիդենաք.
Ա՜խ քաշելէն սըրտիս մէջըն արունըն մերած գիդենաք.
Գիշեր-ցերեկ եարի խաթրու ջիգարըս էրած գիդենաք.
Աչքըս՝ թաց, բերանըս՝ ցամաք, լիզուս ճիդքերած գիդենաք:

Սիրտըս փուրումըս թուլացաւ անգալներու զախ անիլէն,
Ուշք ու միտքըս խառնվեցաւ խուււըն-խուււըն խաղ ճանիլէն,
Աչքէմէս ջուճարըն գընաց եարէն կարօտ ա՜խ անիլէն.
Էլ ապրիլու ումիկ չունիմ, իմ օրըս կերած գիդենաք:

Էրած-խորված ման իմ գալիս, մէ տիղ չըկայ մար ունենամ.
Լիզվով չիմ կանացի ասի, թէգուզ խօսքըս փար ունենամ.
Ափսուսալու ճազար ափսուս, յիս էս ղադա դար ունենամ.
Էշխէն ուշք ու միտքըս կապած, ինձ ջըրի տարած գիդենաք:

Սիրտըս փուրումըս սըգվոր է, ալ աչքիրըս լաց է անում.
Ծովըն ըրնգած ամբի նըման դօշս ու եախէս թաց է անում.
Քանի վուր մըճլամ իմ դըռնում,դուգունս էլ խիստ բաց է անում.
Հալվեցայ, արնաքամ էլայ՝ եարէս ճիդարած գիդենաք:

Ով տեսնում է, էս է ասում.«Վա՜յ քու դարին,Սա՛յաթ-Նովա,
Համաշա քիզ պիտինք տեսնի՝ աչքըդ արի՞ն, Սա՛յաթ-Նովա,
Ինչո՞վ չէլաւ, չըռաստ էկար մէ լաւ եարին, Սա՛յաթ-Նովա».
Ումբըրս էրազի պես գընաց՝ ծառըս չըխերած գիդենաք:

ODE N°29 — Moi, par les eaux, emporté
(1759)

Mon Amie adorée et moi, même année fûmes portés.
Sachez que le sang de mon cœur, de soupirer, il s'épaissit.
Sachez que mon cœur brûle, le jour, la nuit, pour l'amour de ma mie.
L'œil humide, bouche séchée, langue toujours écorchée, sachez-le.

Et à cause des parjures, mon cœur s'affaiblit, des blessures.
Esprit et pensées se troublèrent afin d'écrire d'ambigus vers.
À force de languir de l'Amie, mes yeux perdirent leur lumière.
Je n'ai aucun espoir de vivre. Ainsi, s'achèvent mes jours, sachez-le.

Cramoisi, consumé, j'erre, et nul endroit, pour m'éteindre.
Malgré les splendeurs de ma langue, mon chagrin est indicible.
Hélas ! Mille lourds dommages, tant de souffrances, de malheurs.
Esprit aveuglé par l'amour ! Moi, par les eaux, emporté, sachez-le.

Noir est mon cœur, tout endeuillé, mes yeux rougis ont tant pleuré,
Tombé à la mer telle la nuée, poitrine et col sont trempés.
Ma plaie s'ouvre davantage, tant je désire y remédier.
Exsangue, je suis fondu, séparé de ma mie, sachez-le.

Et ceux qui me croisent disent : « Quelle souffrance, Sayat-Nova !
Garderas-tu toujours les yeux ensanglantés, Sayat-Nova ?
Pourquoi n'as-tu donc pas rencontré une gentille amie ?»
Comme un rêve, ma vie passa, mon arbre, sans fruit resta, sachez-le.

30

Էնդուր աչքըս չէ ցամաքում՝ սըրտիս մէջըն արին մընաց·
Վունչիչ դարով չըլաւացաւ՝ մըհլամըս հիդ եարին մընաց·
Էշխէմէն հիւանդ պառկեցայ, աչքըս ճանապարհին մընաց·
Ցիփ միռայ՝ ի՛ժում տիս էկաւ՝ նազըն բէիղրարին մընաց։

Գարունքվան վախտըն լըցվիլ է,էրա՜նի ձիզ,ծաղկած վա՛րիր,
Թէ բըլբուլին բաղն ղրգեցիք, մանուշակով լիքըն սա՛րիր,
Բաս ինչի՞ ձէնըն չէ գալիս, սա՛լբու-չինար, էդ ի՞նչ արիր·
Ճուխղքըդ բըլբուլին սըպանից՝կարմիր վարդըն խարին մընաց։

Ալ պունճպունճէն սսաց խաբէ սարումըն ղարիբ բըլբուլին,
Ցիփ բըլբուլըն միտքըն ածաւ ռեհնով կըպած թայիգուլին·
Ով վաղ գընաց,վարդըն քաղից·չասին թէ պէտք է բըլբուլին,
Վա՜յ քու դարին,ղա՛րիբ բըլբուլ,վուր լէշըդ չափարին մընաց։

Խօսքիրըդ քա՜ղցըր-քաղցըր է, լիզուդ շաքար ու նաբաթ է,
Խըմողին վընաս չի անի՝ ձեռիդ բըռնածըն շարբաթ է·
Շաբաթըն օխտն օր ին ասի՝ քու հագածըն նուր բաբաթ է·
Հագիլ իս բեհեզ ծիրանին՝ ծալած ղալամքարին մընաց։

Աշուղի լիզուն բըլբուլ է, օրհնանք ունէ, նալաթ չըկայ·
Շահի մօդ խօսքն անց կու կէնայ, սըպանելու ջալլաթ չըկայ·
Հէքիմ ու դադաստան չըկայ, մէ դըրուստ ադալաթ չըկայ·
Մէ մարդ չըկէր՝ ազատիլ էր, Սայաթ-Նովէն դարին մընաց։

ODE N°30
Le pourpris sans rossignol
(juin 1758)

Tout le sang resta dans mon cœur, ainsi mes larmes ne sèchent point.
Mon remède fut avec ma mie... Le chagrin ne guérit rien.
Malade d'amour, je gardais le lit, je guettais son chemin.
4 Elle vint quand je fus mort ; ses charmes demeurèrent au coquin.

L'heure du renouveau, bat son plein, quel bonheur, les champs fleuris !
Monts pleins de violettes, si vous envoyâtes Rossignol au pourpris,
Pourquoi l'on n'entend guère sa voix ? — Ô cyprès, qu'as-tu donc fait ?
8 Tes branches tuèrent le Rossignol ; la Rose fut pour les épines.

En montagne, par le pavot, Rossignol errant fut envoûté,
Il se souvint du bouquet de roses au basilic attaché.
Qui alla tôt, cueillit la Rose ; et sans même de lui se soucier,
12 Quelles peines, Rossignol errant ; ton corps sur la clôture est resté.

Délicate est ta langue, et, comme tes paroles sont douces.
Qui boit de cette eau sucrée de tes mains, ne court aucun danger.
Chaque jour de la semaine, tu portes du nouveau, sans cesse.
16 Tu es en pourpre royale, le tissu à fleurs resta plié.

La langue d'achour est rossignol, elle bénit, point ne maudit.
Le roi écoute cette parole, elle n'exécute, ni ne punit.
Plus de médecine, ni de jugement, point de justice.
20 Personne pour délivrer Sayat-Nova, — resté en souffrance.

31

Պատկիրքըդ՝ղալամով քաշած,թահրըդ ռանգէռանգ իս անում,
Էրեսըդ խալըն ծածկում է՝ մազիրըդ խափանգ իս անում.
Բացվիլ իս կարմիր վարդի պէս,բըլբուլի հիդ հանգ իս անում.
Ակռէքըդ օսկումըն շարած, պըռօշըդ մահանգ իս անում:

Էրեսըդ նուր լուսնի նըման քանի կ'էհայ, կու բոլըրվի,
Դաստամազըդ նամ չի ուզի՝ առանց հուսիլ կու օլըրվի,
Էնդու համա քու տեսնողըն իր ճամփէմէն կու մոլըրվի.
Ցիփ մըտնում իս մէջլիսումըն,շանգ,շուխի,շաքանգ իս անում:

Էրեսըդ տեսնելու գուքան քաղաք քաղքով, գիղ՝ գիղի պէս.
Միռնողըն քիզմէն կու առնէ անմահական դիղ՝ դիղի պէս.
Ցիփ տիղէմէն ժաժ իս գալի, շըխշըխկում իս ջիղջիղի պէս.
Ի՞նչ կ'օնիս սանթուր-քամանչէն՝զուգսըդ չոնգուր-չանգ իս արի:

Ծուցիդ մէջըն վարդ, մանուշակ, սընբուլ ու սուսան իս շինի.
Քու տէրըն բաղըն ի՞նչ կ'օնէ՝ քու հուտըն ռեհան իս շինի.
Քամին մէջըն անց է կէնում՝ մազիրըդ ելքան իս շինի.
Աշխարհքըն՝ծով,դուն մէջըն՝նաւ,ման իս գալի,լանգ իս անում:

Տասնէմէդ մէկըն չին ասի, թէգուզ աշխարհիս քիզ գովին,
Նովա՛փար, ծա՛ղիկ ծովային, մանու՛շակ՝ բաց արած հովին.
Բաս քու էշխին վու՞նց դիմանամ,ջուրըն տա՛նէ Սայաթ-Նովին.
Թէ տէսնողըդ մէկ էլ տէսաւ՝ դիվանա, դաքանգ իս անում:

ODE N°31 — Mouvements

(fin mars 1759)

Ton portrait, l'œuvre d'un pinceau, et de mille feux, tu brilles.
Les grains de beauté de ta face, tes longs cheveux les voilent.
Rose rouge, épanouie avec le Rossignol, tu chantes.
Tes lèvres étincellent avec tes dents resplendissantes.

Ton visage se transfigure comme la lune nouvelle.
Inutile de la mouiller, ta chevelure ondule.
Et pour cette raison, il perd son chemin, celui qui te voit.
Quand tu viens au festin, avec ta voix tu apportes la joie.

Des villes et des villages, l'on vient admirer ta beauté.
Tu es le remède immortel, pour celui qui est mourant.
Tel chuchotis de fils d'argent, tintent tes moindres mouvements.
As-tu besoin d'un qamantcha ? Tes effets font la musique.

Ta poitrine est un bouquet : roses, jacinthes, violettes.
Que fera ton époux d'un jardin ? Enivrant est ton parfum,
Quand le vent passe, tes cheveux gonflent comme une voile.
Le monde est une mer, tu y tangues, mon beau voilier.

Toutes les louanges du monde pour toi ne suffiront pas.
Nénuphar, violette ouverte dans le pré, nymphéa.
Comment résisterai-je ? Que l'eau t'emporte, Sayat-Nova !
Tu l'ensorcelles de tes sortilèges, celui qui te revoit.

32

Չիս ասում, թէ լաց իս էլի.
Բա՛րով տեսայ, ի՛մ սիրեկան.
Վարդի նըման բաց իս էլի
խարիրով,
խարիրով.
Բա՛րով տեսայ, ի՛մ սիրեկան:

Ա՛րի մէ դարդըս իմա՛ցի,
Էշխէմէդ հա՛մման իմ լացի.
Օրըս էսպէս անց է կացի
դարիրով,
դարիրով.
Բա՛րով տեսայ, ի՛մ սիրեկան:

Ցիփ կու հագնիս ալ ու ատլաս,
Տեսնողին կու շինիս մաս-մաս.
Դօշիդ պիտի լալ ու ալմաս
շարիրով,
շարիրով.
Բա՛րով տեսայ, ի՛մ սիրեկան:

Ցիս քիզ գովիմ խաղի մէջըն.
Ծամամնիրըդ թաղի մէջըն.
Ման իս գալի բաղի մէջըն
եարիրով,
եարիրով.
Բա՛րով տեսայ, ի՛մ սիրեկան:

Սայաթ-Նովէն վու՞նց դընջանայ.
Աչքիրըդ ոսկէ փընջան ա.
Դուշմընի լիզուն մընջանայ
չարիրով,
չարիրով.
Բա՛րով տեսայ, ի՛մ սիրեկան:

ODE N°32 — Et je te chanterai

« Tu as pleuré », point tu ne me le dis.
Mon amour que notre rencontre soit bénie.
Toi éclose comme une rose épanouie,
Avec des épines
Avec des épines.
Mon amour que notre rencontre soit bénie.

Viens, comprends mon chagrin et mon souci,
Tous les jours, me fait pleurer, ton amour.
S'écoulèrent mes longs jours, mes longues nuits,
Avec des soucis
Avec des soucis.
Mon amour que notre rencontre soit bénie.

Quand tu apparais empourprée, parée de soie,
Il se tourmente si fort, celui qui te voit.
Ta poitrine exige diamants et rubis,
Avec des rangs
Avec des rangs.
Mon amour que notre rencontre soit bénie.

Je te célébrerai avec mes chants,
Tes seins, parfumés melons enfeuillés,
Tu te promènes ainsi dans le pourpris,
Avec des prétendants
Avec des prétendants.
Mon amour que notre rencontre soit bénie.

Peut-il rester tranquille, Sayat-Nova ?
Car tes yeux ressemblent à des calices d'or.
Et, qu'elle se taise la langue de l'ennemi,
Avec le mauvais sort
Avec le mauvais sort.
Mon amour que notre rencontre soit bénie.

33

Թէգուզ քու քաշըն մարգրիտ տան բրո՛յի-բրո՛յի,
Թէգուզ քու քաշըն ալմաս տան բրո՛յի-բրո՛յի.
Եա՛ր, չի՛մի տայ, չի՛մ ճիռացնի քիզ քու եարէմէն, բարէբարէմէն:

Չիմ քաշվի էկած մահէմէն,
Ռաղիփի տըված ահէմէն բրո՛յի-բրո՛յի.
Թէգուզ ռաղամ գայ շահէմէն,
Եա՛ր, չի՛մի տայ, չի՛մ ճիռացնի քիզ քու եարէմէն, բարէբարէմէն:

Թէգուզ քու քաշըն մարգրիտ տարին բրո՛յի-բրո՛յի.
Թէգուզ քու քաշըն ալմաս տան բրո՛յի-բրո՛յի.
Եա՛ր, չի՛մի տայ, չի՛մ ճիռացնի քիզ քու եարէմէն, բարէբարէմէն:

ODE N°33 — Ma perle de Beauté

Même s'ils me donnaient des colliers de perles,
Qu'ils soient égaux à ton poids, rang par rang,
Même s'ils m'offraient des rivières de diamants,
Égales à ton poids, rangée par rangée,
Ma mie, je ne te laisserai pas t'éloigner,
6 De ton amour, de ton égal.

Je ne craindrai pas la mort à venir,
Ni des peurs, ni des effrois du rival,
Même si l'ordre royal doit parvenir,
Ma mie, je ne te laisserai pas t'éloigner,
11 De ton amour, de ton égal.

Même s'ils me donnaient des colliers de perles,
Qu'ils soient égaux à ton poids, rang par rang,
Même s'ils m'offraient des rivières de diamants,
Égales à ton poids, rangée par rangée,
Ma mie, je ne te laisserai pas t'éloigner,
17 De ton amour, de ton égal.

34

Քանի վուր ջանի իմ, եա՞ր քի ղուրբան իմ, աքա ի՞նչ անիմ,
Արտասունք անիմ,շատ հոգուց հանիմ, եա՞ր,ղադէդ տանիմ:
Ասիր՝ ջէյրան իմ. թուղ քի սէ՛յր անիմ,եա՞ր մըտիկ անիմ:
Մու՛տ բաղչէն նազով, քիզ գովիմ սազով,եա՞ր, իլթիմազով:

Մազիրըդ՝ դաստա, պըռօշըդ՝ փըստա, հէյրանի վախտ է.
Ե՛կ նընգնինք չօլըն, վուր հասնինք գօլըն. ջէյրանի վախտ է:
Բըլբուլըն՝ վարդին, վարդըն՝ բաղաթին. սէյրանի վախտ է:
Մու՛տ բաղչէն նազով, քիզ գովիմ սազով,եա՞ր, իլթիմազով:

Ծուռ գանք համդամով, յիրիգային նամով թուփըն թացվիլ է.
Խաղ կանչինք հանգով, լալէքըն ռանգով, վարդըն բացվիլ է:
Սուսան-սընբուլով, ղարիբ բըլբուլով բաղըն լըցվիլ է:
Մու՛տ բաղչէն նազով, քիզ գովիմ սազով,եա՞ր, իլթիմազով:

Պատուական շինած,նըման նըմանած Լէյլու դիդարին.
Եա՞ր, ուշքըս գընաց,մազիրըդ մընաց վրայ մուհաջարին:
Բաղըն զարդարած, բըլբուլըն քընած վարդի սաչարին:
Մու՛տ բաղչէն նազով, քիզ գովիմ սազով,եա՞ր, իլթիմազով:

Հագիլ իս ատլաս, թուրլու զար ու խաս. սալբու դալ բոյլուն,
Ձեռիդ ունիս թաս, լըցնիս ու ինձ տաս. ղուրբան իմ քօվլուն:
Թաք դու բաղչէն գաս, անիս մասնէմաս քու Սայաթ-Նովլուն:
Մու՛տ բաղչէն նազով, քիզ գովիմ սազով,եա՞ր, իլթիմազով:

ODE N°34
Autant je vivrai, je t'offre ma vie
(2 mai 1757)

Autant je vivrai, je t'offre ma vie et que puis-je faire ?
Que je verse des larmes ou que je soupire, tes peines je les garde.
Tu dis:«Je suis une biche». Laisse-moi t'admirer, un regard ma mie!
Viens donc au jardin que je chante louanges, ma mie je t'en prie!

Coiffure en bouquet, lèvres délicieuses — l'heure de la merveille,
Allons dans les champs jusqu'à la rivière — l'heure de la gazelle,
Rossignol et Rose, Rose et clos en fleurs — l'heure de la balade,
Viens donc au jardin que je chante louanges, ma mie je t'en prie!

Rentrons en causant, l'arbuste a perlé de rosée de nuit.
Chantons en cadence, tulipes colorées la Rose est ouverte.
De jacinthes des bois, rossignols errants le jardin est plein.
Viens donc au jardin que je chante louanges, ma mie je t'en prie!

L'image de Leïla noblement créée parfaite harmonie.
Tes cheveux, ma mie, restèrent sur la lisse je m'évanouis.
Et sur le rosier le rossignol dort comme le jardin est beau.
Viens donc au jardin que je chante louanges, ma mie je t'en prie!

Habillée de soie, d'or et bigarrée fine branche de cyprès,
Tu tiens un calice, remplis-le de vin, j'adore ce pichet,
Si tu viens au clos, tu tourmenteras ton Sayat-Nova.
Viens donc au jardin que je chante louanges, ma mie je t'en prie!

35

Խըմե՛ցուր ձեռիդ թասէմէն,
Ջու՛ր իմ ասում, [տու՛ր քասէմէն].
[Մ՛ըն]ացի սըկու մասէմէն.
Ա՛չքի լուս, ջու՛ր իմ ասի,
[Հուր չիմ ասի] ճուր չիմ ասի,
Թուր չիմ [ասի] տու՛ր չիմ ասի:

Գօ՛զալ, Աստուած քիզի լա՛ւ տայ,
Զուզողի աչքերուն ցաւ տայ.
Անգալի խօսքին մի՛ ավտայ.
Ա՛չքի լուս, [զ]ու՛ր իմ ասի,
[Ս]ուր չիմ ասի, սուր չիմ ասի.
Ջու[ր] իմ ասի, սուր չիմ ասի:

Ով քիզի այան մըտիկ տայ,
Աքէլին Կայան մըտիկ տայ.
Ինչ աչք քիզ խայան մըտիկ տայ,
Ջա՛նում եար,կու՛ր իմ ասի.
Նուր չիմ ասի, նու[ր չիմ ասի],
[Կուր իմ ասի, նուր չիմ ասի]:

Ովոր ինձ չինից դիվանա՝
Սուրբ Կարապիտէն խիվանայ.
Վադի էրեսըն սիվանայ.
Ա՛չքի լուս, մու՛ր իմ ասի,
Չուռ չիմ ասի, [չուռ չիմ ասի,
Մուր իմ ասի, չուռ չիմ ասի]:

Էշխէմէդ խըմած, մաստ էկած,
Գըլուխըս մահին ռաստ էկած.
Սայաթ-Նովէն իմ՝ տիսդ էկած.
Ա՛չքի լուս, ու՞ր իմ ասի,
Սուր չիմ ասի, սուր չիմ ասի,
Տուր չիմ ասի, [սուր չիմ ասի]:

ODE N°35 — Divagation
(10 mai 1758)

Donne-moi à boire, de ta coupe,
Je dis de l'eau, de ce calice.
Je suis resté tourmenté, sans communion.
Ô Lumière de mes yeux, je dis de l'eau.
Je ne dis pas de feu, pas de feu.
Je ne dis pas épée, je ne dis pas ; donne.

Belle, que Dieu te donne le meilleur,
Douleur aux yeux, du malveillant.
Ne crois pas, à la parole du perfide,
Ô Lumière de mes yeux, je ne dis pas en vain.
Je ne dis pas perçant, ni poignard,
Je ne dis pas en vain, je ne dis pas perçant.

Et, qui te regardera, indifféremment,
Qu'il mérite le regard de Caïn, sur Abel.
L'œil quelconque, qui te regardera de travers,
Ma mie, je dis ; aveugle.
Je ne dis pas ; lumière, pas lumière.
Je dis aveugle ; non, pas lumière.

Qui m'emporta dans la folie,
Que Saint Jean lui accorde le même sort.
Qu'enfin le méchant ait le visage noirci,
Lumière de mes yeux, je dis la suie.
Je ne dis pas le mal, maladie,
Je dis la suie, pas la maladie.

Tout enivré de ton amour,
Ma vie, rendue à la mort ;
Je suis Sayat-Nova, ton admirateur,
Lumière de mes yeux, pourquoi je le dis ?
Je ne dis pas perçant, ni poignard,
Je ne dis pas ; donne, je ne dis pas perçant.

36

Ա՛րի ինձ ա՛նգաճ կալ, ա՛յ դիվանա սիրտ,
Հա՛յա սիրէ, ա՛դաք սիրէ, ա՛ր սիրէ.
Աշխարհքըս քունն ըլի, ի՞նչ պիտիս տանի՝
Ա՛ստուած սիրէ, հո՛գի սիրէ, եա՛ր սիրէ:

Էն բանն արա, վուր Աստըձու շարքումն է,
Խըրատնիրըն գըրած Հարանց վարքումն է.
Յիրիք բան կայ՝ հոգու, մարմնու կարգումն է՝
Գի՛ր սիրէ, ղա՛լամ սիրէ, դա՛վթար սիրէ:

Ե՛կ, ա՛րի սիրտ, մընա դուն մէ դամաղի,
Հա՛լալ մըտիկ արա հացի ու աղի.
Հէնց բա՛ն արա՝ մարդ վըրէդ չըծիծաղի.
Խըրա՛տ սիրէ, սա՛բըր սիրէ, շա՛ր սիրէ:

Հըպարտութին չանիս՝ դուր գուքաս Տէրիդ,
Խոնարհու՛թին արա կանց քիզ դէվէրիդ,
Աստուած դիփունանցըն մին հոգի էրիտ.
Ա՛ղքատ սիրէ, ղօ՛նաղ սիրէ, տա՛ր սիրէ:

Սա՛յաթ-Նովա, է՛րնէկ քիզ, թէ է՛ս անիս՝
Հոգուտ խաթրի մարմնուդ ումբրըն կէս անիս.
Թէ գ՛ուզիս, վուր դադաստան չըտեսանիս՝
Վա՛նք սիրէ, անա՛պատ սիրէ, քա՛ր սիրէ:

ODE N°36 — Aime !

(le 1er mai 1753)

Approche, écoute-moi, Ô cœur en folie,
Aime la vertu, courtoisie et modestie,
Si le monde était à toi, qu'emporterais-tu ?
Aime Dieu, aime l'âme, et aime l'ami(e) !

Œuvre, afin que ce soit dans l'ordre divin,
Les conseils sont écrits dans le livre des Saints.
Trois choses unissent, et le corps et l'âme,
Aime l'écriture, aime la plume, aime le livre !

Ô cœur, viens, et garde la même humeur,
Reste toujours loyal envers le pain et le sel,
Œuvre de sorte qu'on ne puisse guère en rire,
Aime le conseil, aime la patience, aime la justice !

Si l'orgueil ne t'atteint, le Très-Haut ne s'en plaint.
Sois humble pour tous, comme un simple humain.
À tous les hommes, une âme, Dieu a donné.
Aime le pauvre, aime l'hôte, aime l'étranger !

Quelle chance, Sayat-Nova, si tu fais cela :
Donner moitié de ta vie au salut de l'âme.
Si tu ne souhaites point subir le jugement,
Aime le monastère, aime le désert, aime la pierre !

37

Դուն է՛ն գըլխէն իմաստուն իս, խիլքդ հիմարին բաք մի՛ անի,
Էրազումըն տեսածի հիդ միզի մէ հէսաբ մի՛ անի,
Յիս խօմ է՛ն գըլխէն էրած իմ, նուրմէկանց քաբաբ մի՛ անի,
Թէվուր գիդիմ բէզարիլ իս, ուրիշին սաբաբ մի՛ անի:

Չըկայ քիզ պէս հուքմի-հէքիմ, դուն Ռստոմի Զալ՝թագա՛ւուր.
Ակըրդ ակիրումըն գոված՝ հա՛մդ ունիս, գօզալ թագա՛ւուր.
Թէ էսանց էլ սուչ ունենամ, գլուխըս ա՛րա տալ, թագա՛ւուր.
Մըտի՛կ արա քու ստիղծողին՝ նըհախ տիղ ղազաբ մի՛ անի:

Եարալուն հէքիմ է՛նդուր գ՚ուզէ՝ դի՛ղ տալու է, ցա՛ւ տալու չէ.
Քանի գ՚ուզէ արբաբ ըլի՝ ղուլըն աղին դաւ տալու չէ.
Դու քու սիրտըն ի՛ստակ պահէ, եադի խօսքըն ավտալու չէ.
Աստծու սէրըն կանչողի պէս, դըռնէմէդ ջուղաբ մի՛ անի:

ODE N°37 — Depuis toujours tu es le sage (1753)

Depuis toujours tu es le sage,
N'écoute pas les idioties !
Protège bien notre amitié,
Au-delà de tout mauvais rêve !
Et ne me brûle pas davantage,
Car depuis longtemps je le suis.
Et si tu t'en es lassé,
Ne cherche pas d'autres raisons.

Tu es un juge inégalé
Comme le noble Rostom, mon Roi,
Ta renommée est magnifiée,
Tu es glorieux, mon sublime Roi !
Ordonne de me décapiter,
Si je suis coupable, mon Roi.
Suis l'exemple du Créateur,
Ne châtie point sans fondement.

Le médecin porte le remède
À son malade et non le mal,
Même si le maître est un tyran,
Le serf ne le trahira point.
Reste confiant : on ne croit pas
À la parole d'un étranger.
Comme un crieur d'amour de Dieu,
Ne m'éloigne pas de ta porte.

Ամէն մարդ չի կանայ խըմի՝ իմ ջուրըն ու՛րիշ ջըրէն է․
Ամէն մարդ չի կանայ կարդա՝ իմ գիրըն ու՛րիշ գըրէն է․
Բունիաթըս աւազ չիմանաս՝ քարափ է, քարուկըրէն է՝
Սէլաւի պէս առանց ցամքիլ, դուն շուտով խարաբ մի՛ անի:

Քանի գ՚ուզէ քամին տանէ՝ ծովէմէն աւազ չի պակսի․
Թէգուզ ըլիմ, թեգուզ չըլիմ՝ մեջլիսներուն սազ չի պակսի,
Թէ կու պակսիմ,քի՛զ կու պակսիմ,աշխարհիս մէ մազ չի՛ պակսի․
Սայաթ-Նովլու գերեզմանըն Հինդ, Հաբաշ, Արաբ մի՛ անի:

Non ! Mon eau est différente,
Tout le monde ne peut la boire.
Mon écriture est différente,
Tout le monde ne peut la lire.
Ma force n'est pas fondée sur du sable :
Elle est de pierre et de roc.
C'est un courant intarissable :
Ne l'épuise pas si vite.

Même si le vent l'emporte sans fin,
La mer aura toujours du sable,
Même si je vis, même si je meurs,
La lyre sera toujours aux fêtes :
Rien ne changera sur cette terre,
Toi seul déploreras ma perte.
De grâce ! N'envoie Sayat-Nova
Mourir aux Indes, en Arabie.

38

Աջաբ քա՞նի ժամանակ է, թաք գիդենամ տարիդ, է՛րնէկ·
Վու՛նց ուտիլ գուզէ, վու՛նց խըմիլ՝մօդըդ նըստող եա՛րիդ էրնէկ·
Բացվիլ իս կարմիր վարդի պէս, փաթութ սուսանբա՛րիդ էրնէկ·
Բըլբուլին լալով ման կ’օծիս գիշեր-ցերեկ՝ խա՛րիդ էրնէկ։

Հուտըդ աշխարհըս բըռնիլ է, բերնումդ ունիս զանջափիլըն·
Կանց քիզ լաւ հուտ չի ունենայ Հընդու էկած ղարանփիլըն·
Գիշեր-ցերեկ զուգսիդ մէջըն իս, ձեռիդ ունիս [հուտով հիլըն]·
Դիբչում է ալ պըռօշնիրուդ, ու՛նքիդ, սամանդա՛րիդ էրնէկ։

Ծառըն հասրաթէդ կու միռնի, սըրտումըն կ’ունենայ զարուր·
Ով չէ տեսնի՝ մէ՛կ ա՞խ կ’օնէ, ով կու տեսնէ՝հազար հարուր·
Քու զաթըն քու նըման կու՛լի, կըշտիդ ունիս օսկէ բարուր·
Բալքա մէկ էլ դէդէն բերէ՝ նըման բարէբա՛րիդ էրնէկ։

Մէ նաղշըդ Արաբ անցկացաւ, մէ նաղշըդ Հընդըստան գընաց,
Մէ նաղշըդ Ղրիմ անցկացաւ, մէ նաղշըդ Դաղըստան գընաց,
Մէ նաղշըդ Ուրումէլ կացաւ, մէկըն Փըռանգըստան գընաց·
Ով քու սուրաթըն տեսնում է, ասում է՝ թահա՛րիդ էրնէկ։

Արի նըստի՛, Սա՛յաթ-Նովա, խօսքըդ ասա լամզ ու բասով·
Սազին խիլքըդ չըտա՛նուլ տաս էդ խիալով, էդ հավասով·
Ձեռիդ բըռնածըն բըրօլ է· ա՛ծա, խըմի՛նք օսկէ թասով·
Շատ աջայիբ մէհմանդար իս, սուփրի սազանդա՛րիդ էրնէկ։

ODE N°38 — Sans pareille
(1755)

Depuis tout ce temps, au moins connaître ton âge, ah ! quel bonheur !
Ni manger, ni boire, être près de toi, — pour ton Ami, quel bonheur !
Ouverte rose rouge, — pour l'immortelle qui t'entrelace, quel bonheur !
Rossignol jour et nuit en pleurs, — pour tes épines, quel bonheur !

La terre exhale ton parfum, ta bouche, saveur du gingembre,
Le giroflier des Indes, n'est pas si parfumé que toi.
Jour et nuit, tu es parée, dans ta main, la tige odorante,
Touche tes lèvres empourprées, — pour tes yeux-océan, quel bonheur !

De nostalgie, certains meurent, ils portent l'engouement au cœur.
Qui ne te voit, soupire une fois, qui te voit, soupire maintes fois.
Dans tes bras, un enfant langé d'or, certes, à ta ressemblance.
Qu'un autre soit mis au monde, — pour ton semblable, quel bonheur !

En Arabie, ton portrait partit, un autre pour les Indes.
En Crimée, encore un fut porté, au Daghestan aussi.
Un, fut expédié à Byzance, enfin, un autre, en France.
Quand on voit ton visage : « Pour tes traits, dit-on, quel bonheur ! »

Viens, Sayat-Nova, dis ta parole, avec joie et courtoisie.
Ne te donne pas à la lyre, éperdument, sans esprit.
Tu tiens, le flacon de cristal, sers-nous dans des coupes d'or.
Quel accueil, — pour le musicien de ta table, quel bonheur !

39

Մօդըդ ընստողըն կու հարբի՝դուն բանգ ու բօզա իս, ա՛զիզ,
Դիվանա Փահլուլ կու շինիս տեսնողին՝ ազա իս, ա՛զիզ,
Ինչ տիղ կու՚լիս շընուք կու տաս՝ մէջլիսի մազա իս, ա՛զիզ.
Մազէն մէ սահաթ լաւ կու՚լի, դուն համա թազա իս, ա՛զիզ:

Մէ խօսքըդ հանց շաքար քաղցըր, մէ խօսքըդ վառ՝քուրա-քուրա,
Մէ նըմանըդ ռաշի նըման, մէ նըմանըդ՝ ջուրա-ջուրա.
Մարգարիտով լիքըն կալ իս, սադափնիրըդ թուրա-թուրա.
Էրծաթէ կողպէքով կոխպած, դուն օսկէ ռազա իս, ա՛զիզ:

Էրեսըդ առավուտվան արիվ՝ քանի կ՚էհայ կու զարգանայ.
Թագաւուրի քարխանի զա՛ր՝ ծառըն ծառէն չի թարգանայ.
Թէ սուչ ունենամ՝ սըպանէ, թէ չէ նըհախ մի՛ բարգանայ.
Մէ ձեռըդ՝ ջուր, մէ ձեռըդ՝ արուն, ջալլաթի ջազա իս, ա՛զիզ:

Տեսնողըն նաղշըդ կու տընդղէ էն թօվուզի բըմբուլի պէս.
Ջընի տակէն նուր դուս էկած, արիվ դիբած սընբուլի պէս.
Թո՛ւղ վըրէդ լալով պըտուտ գամ, վարդին կարօտ բըլբուլի պէս.
Դուն ինձնից շուտով մի՛ թըռչի՝ շավարդան-բազա իս, ա՛զիզ:

Էշխէմէդ հիւանդացիլ իմ. վու՛նց զարար, վու՛նց շահ ին ասում.
Հէքիմնիրըս ափսոսում ին՝ ծընգան տալով վա՜յ ին ասում.
Կանչողըս դարդակ է գընում.«Ա՜խ, Սա՛յաթ-Նովա» ին ասում.
Թաք դուն տիս գաս, վիր կու կ՚էնամ, թէ սազիս սազա իս, ա՛զիզ:

ODE N°39
Si tu es digne de ma Lyre
(1758)

On s'enivre, à tes côtés, herbes et millet noir, mon aimée.
Te voir rend fou, tel le roi Phahlal, toi, ma souffrance, mon aimée.
Tu offres grâce, là où tu vas, toi, douceurs du festin, mon aimée.
Tu es toujours savoureuse, les douceurs sont périssables, mon aimée.

Tes paroles, tantôt sont incandescentes, tantôt exquises,
Tantôt, jument légendaire, tantôt, mille autres figures,
Tu es une grange de perles, de mille reflets tes nacres brillent.
Fermée au cadenas d'argent, — la barre d'or du portail, mon aimée.

Ton visage est soleil auroral, peu à peu, il s'enfièvre.
Toi, de l'atelier royal, tissu d'or aux arbres entrelacés.
Pour rien, ne sois si courroucée, tue-moi, si je suis coupable.
Dans tes mains, eau et sang, tu es le supplice du bourreau, mon aimée.

Comme la belle plume de ce paon, on admire tes chatoiements,
Comme une fleur sortant des neiges, par le soleil, touchée,
Laisse-moi autour de toi pleurant ; rossignol d'une rose languissant,
Ne prends pas ton envol si tôt, tu es un faucon, mon aimée.

Nul changement, en bien en mal, de ton amour, malade, je suis.
Mes médecins compatissent. Ils m'expriment leurs vains regrets.
Mes admirateurs rentrent bredouilles: Pauvre Sayat-Nova, disent-ils.
Si tu viens, je me lèverai, — si... digne de ma Lyre, mon aimée.

40

Աջար քու սիրտըն ո՞վ շինից՝ խոնարհից, հիզնից բէդամաղ.
Քանի գ՚ուզէ մարդ վուր հարքի,վու՞նց կու՚լի վազնից բէդամաղ.
Եա՛ր,յիս քիզ ի՞նչ գէթ իմ արի՝նըստած իս միզնից բէդամաղ.
Քամեցիր էշխիդ մանգանով. յի՛ս պիտիմ քիզնից բէդամաղ:

Ինչ քիզանից հիռացիլ իմ, իմ ջանումըս ջան չէ մըտի.
Ուշք ու միտքըս դուն իս տարի, ձեռիս մէջըն բան չէ մըտնի.
Հէնց գիդիմ, թե չուրս տարի է Քաղաքըն քարվան չէ մըտնի.
Ոախտարի նըման նըստած իմ՝ իջարից, միզնից բէդամաղ:

Հալբաթ սէրըն կէս է էլի, վուր միզի ատիլ է ուզում.
Չուրս տարեկան էրեխի պէս եարըս խըրատիլ է ուզում.
Բռնիլ է էշխի դանակըն, սիրտըս կըտրատիլ է ուզում.
Շատ մարդ կայ նըստած լաց՚լիլիս,գօզալի նազնից բէդամաղ:

Թէգուզ իմա՛ցի, կարդա՛ցի իմաստասիրաց առակըն.
Էշխէմէդ ջունուն իմ էլի, վեր էկաւ սըրտիս վարակըն.
Ա՛ստուած վըկայ, մարդ չըքա՛շէ՝ դըժար է էշխի կըրակըն.
Տեսայ արունոտ ջէյրանըն՝ վուրսուրթի նիզնից բէդամաղ:

Անցկացաւ աշունքվայ վախտըն, սալբիքըն խաղալ է ուզում.
Հասաւ գարունքվան հուսանըն՝ բըլբուլըն էլ գալ է ուզում.
Սայաթ-Նովէն առանց նընգիր՝ ճիդըն գըցած լալ է ուզում.
Ջառ կորցըրած խօնթքարի պէս նըստած է խազնից բէդամաղ:

ODE N°40 — Chagrin et désespoir
(1759)

Ton cœur qui créa-t-il ? Il s'inclina, du soutien, dépité,
Même si on est enivré, à la vigne doit-on en vouloir ?
Ma mie, qu'ai-je donc fait, pourquoi t'en prendre à notre histoire?
Passé au tamis de ton amour, à moi d'en être dépité !

Depuis que je suis loin de toi, mon corps est sans vitalité.
Esprit, pensées, épris de toi, et mes mains sont sans ouvrage.
De nulle caravane, me semble-t-il, la Ville n'a vu le passage.
Je reste assis comme un douanier, du profit, tout dépité.

Peut-être l'amour est-il brisé, pour qu'il désire nous détester.
Ma mie veut me conseiller, comme l'on fait à l'enfant de quatre ans.
Poignard d'amour à la main, elle veut tailler en mon cœur sanglant.
Beaucoup sont en pleurs, des charmes de la Belle, dépités.

Sache-le bien, même si des philosophes, j'ai relu les pensées,
Fou de ton amour, je devins, et mon cœur perdit son fil d'or.
Que nul n'en souffre, Dieu soit témoin, le feu d'amour dévore.
J'ai vu la biche en sang, — de la flèche du chasseur, dépitée.

L'heure hivernale est passée, les cyprès veulent s'animer.
Le Rossignol se hâte de venir, — Ô frissons printaniers !
Sayat-Nova, sans amie, veut fondre en larmes ; cou penché.
Tel un roi, sans sa garde, assis, de ses richesses, dépité.

41

Աշխարհըս մէ փանջարա է․ թաղիրումէն բէզարիլ իմ,
Մըտիկ տըվողըն կու խուցվի․ դաղիրումէն բէզարիլ իմ․
Էրեգ լաւ էր, կանց վուր էսօր, վաղիրումէն բէզարիլ իմ,
Մարդ համաշա մէ՛կ չի ըլի․ խաղիրումէն բէզարիլ իմ:

Դօվլաթն էյթիբար չունէ, յիփոր կ'էրթայ իր շըքարով,
Լաւ մարդն էն է՝ գըլուխն պահէ աշխարհումըս էյթիբարով․
Աշխարհըս միզ մընալու չէ՝ իմաստնասիրաց խաբարով․
Գ'ուզիմ թըռչի բըլբուլի պէս․ բաղիրումէն բէզարիլ իմ:

Ո՞վ կ'օսէ, թէ՝ յիս կու ապրիմ առուտէմէն ինչրու մուտըն․
Աստըծու ձեռումըն հիշտ է մարդու աշխարհք ելումուտըն․
Ղուրթս էնդուր ճամփայ չէ գընում՝շատացիլ է խալխի սուտըն․
Քըսա՛նըն՝ մէ՛ ղուլ չին պահում․ աղիրումէն բէզարիլ իմ:

ODE N°41 — Las je suis (avril 1759)

Une fenêtre est ce monde,
De ces fenêtres las je suis.
À regarder on s'y désole,
De ces blessures las je suis.
Hier fut meilleur qu'aujourd'hui,
Et des lendemains las je suis.
Peut-on toujours rester ainsi ?
Des chants et des vers, las je suis.

Instable est la fortune,
Puisqu'elle suit la richesse.
En homme de bien il vivra,
Qui gardera sa propre foi.
Les philosophes l'affirment :
« Nul n'est éternel ici-bas ».
Je veux l'envol du rossignol,
Et de ces jardins, las je suis.

Qui pourra dire que je vis
De l'aube blême jusqu'à la nuit ?
Dieu garde si bien dans sa main
La vie et la mort de chacun.
Accroît le mensonge d'autrui ;
Ma vérité est sans issue.
Vingt serfs, pas un, ont les maîtres,
Et de ces maîtres, las je suis.

Աշխարհըս միզ մընալու չէ, քանի ներստինք զօղ ու սափին․
Հում կաթնակի՛ր՝ Աթամի զա՛թ, նա՛լաթ ըլի էդ քու բափին․
Համփիրութինըս հատիլ է, չիմ դիմանում խալխի գափին․
Դօստիրըս դուշման ին դառի․ եաղիրումէն բէզարիլ իմ։

Սայաթ-Նովէն ասաց՝ դարդըս կանց մէ ճարըն շատացիլ է․
Զունիմ վաղվան քաղցըր փառքըս, հիմի դարըն շատացիլ է․
Բըլբուլի պէս էնդուր գուլամ՝ վարդիս խարըն շատացիլ է․
Չին թողնում վախտին բացվելու․ քաղիրումէն բէզարիլ իմ։

Nul ne sera maître du monde,
Mieux faire fêtes, donner festins.
Homme ! Toi, descendant d'Adam,
Que maudite soit ta promesse.
De ces plaisanteries, — lassé,
Ma patience s'est épuisée.
Amis devinrent ennemis,
De ces ennemis, las je suis.

Comme un ruisseau mon chagrin
Grossit, Sayat-Nova l'a dit,
Ma douce gloire de naguère est finie,
Sans cesse la misère grandit.
Comme le Rossignol je pleure,
La Rose a redoublé d'épines,
On ne la laisse point éclore,
De ces cueillettes, las je suis.

42

Ամէն սազի մէջըն գոված՝ դուն թամամ տասն իս, քամա՛նչա,
Նաքազ մարդ քիզ չի կանայ տեսնի՛դուն նըրա պասն իս, քամա՛նչա,
Ղա՛ստ արա՝ է՛լ լաւ օրերու էդիվըն հասնիս, քամա՛նչա,
Քիզ ինձնից ո՞վ կանայ խըլի՝ աշուղի բասն իս, քամա՛նչա:

Անգաճըդ էրծաթէն պիտի, գըլուխըդ՝ ջավահիր քարած,
Կութըն շիրմայէմէն պիտի, փուրըդ՝ սադափով նախշ արած,
Սիմըդ օսկէն քաշած պիտի, էրկաթըդ՝ փանջարա արած,
Օչով դիմէթըդ չի գիդի՝ լալ ու ալմասն իս, քամա՛նչա:

Ճիպուտըդ վարաղնած պիտի՝ թահր ունենայ հազար ռանգով.
Ջարըդ ռաշի կուդէն պիտի, վուր դուն խօսիս քաղցըր հանգով.
Ծատին զարթուն կու լուսացնիս, շատին կու քընեցնիս բանգով.
Անուշահամ գինով լիքըն՝ դուն օսկէ թասն իս, քամա՛նչա:

ODE N°42 — Le Qamantcha (1759)

Parmi toutes ces lyres magnifiées,
Tu es l'excellence, Qamantcha !
Et tu n'es pas pour le perfide,
Inaccessible, Qamantcha !
Courage ! En avant ! Pour des jours
Encore bien meilleurs, Qamantcha !
Qui peut donc nous séparer : toi —
L'œuvre du troubadour, Qamantcha !

Ton oreille est ornée d'argent
Et ta volute couverte de perles,
Ton manche est tout de pur ivoire,
Ton ventre est irisé de nacre,
Tes cordes tendues sont en or,
Ton appui orné de cercles,
Personne ne connaît ta valeur,
Rubis et diamant, Qamantcha !

Ton archet doit être paré d'or
Au bel aspect, multicolore,
Ces crins de cheval légendaire,
Rendent ta parole douce, harmonieuse,
Ton chant rend certains insomniaques,
Pendant que d'autres dorment d'ivresse,
Pour moi, tu es le calice d'or,
Plein de sublime vin, Qamantcha !

Ածողիդ է՛րկու կու շինիս, առաջ չայի, ղափա գ՚ուզիս,
Կու մեծըրվիս այվընումըն, պարապ վախտի ռափա գ՚ուզիս.
Յիփ վիր գուքաս մէջլիսումըն՝քաղցըր զօղ ու սափա գ՚ուզիս.
Բոլորքըդ գօզալնիր շարած՝ մէջլիսի կէսն իս, քամա՛նչա:

Ծատ տըխուր սիրտ կու խընդացնիս,կու կըտրիս ճիվընդի դողըն.
Յիփ քաղցըր ձայնըդ վիր կ՚օնիս՝ բաց կու՚լի ճիդըդ խաղողըն.
Խալխին էս իլթիմազն արա՝ ասին.«Ա՛պրի քու ածողըն».
Քանի սաղ է Սայաթ-Նովէն,շատ բան կու տեսնիս,քամա՛նչա:

Ton maître est très exalté ;
Ici — du thé, là — du café,
Honorable dans les salons,
Au repos, tu aimes le silence,
Quand au festin, tu entres en jeu,
Tu n'exiges que l'allégresse,
Toi seul, entouré de belles dames,
Tu animes la fête, Qamantcha !

Tu rends heureux un cœur triste,
Tu ôtes la fièvre d'un souffrant,
Quand tu lances ta divine voix,
Le danseur s'ouvre avec toi,
Prie les gens pour qu'ils s'exclament :
« Bravo à ton maître-musicien ! »
Autant vivra Sayat-Nova,
Tant de choses, tu verras, Qamantcha !

43

Ա՛րի համով ղու՛լուղ արա, խա՛լխի նօքար Սա՛յաթ-Նովա.
Ամէն մարդ չի կանայ ճանգի շահով շըքար, Սա՛յաթ-Նովա.
Ով քիզի լիղի պարգիվէ, դուն տու շա՛քար, Սա՛յաթ-Նովա.
Ղա՛ստ արա՝ շուշէդ չըկոտրին,չըխըփին քար,Սա՛յաթ-Նովա:

Թէգուզ դըբրատանըն պահ տաս՝ ծեծով չի խըրատվի խիվըն.
Ինչրու անձնէն չըդուս էհայ անախտիլի էն չար դիվըն.
Բէդասըլն ասըլ չի՛ դառնայ, թօլով չի՛ սիպտակի սիվըն,
Ծուըն փէտըն չի՛ դըրըստի ռանդան,դու՛րգար Սա՛յաթ-Նովա:

Թէգուզ իմանաս, գիդենաս աստղերու համբարքըն սիրուն.
Անբարի գուրձըն կորած է՝ կա՛րդա Հարանց վարքըն սիրուն.
Աւիտարանի խօսքիրըն մարգարիտ է, կարգըն՝ սիրուն.
Մի՛ ածի խուզի առջիվըն լալ ու գովհար, Սա՛յաթ-Նովա:

Թէ էս կենաց փառքըն չուզիս՝ էն կենաց ալմասըն կու տան.
Թէ հոգուդ խաթիր շալ հաքնիս՝զար քաշած ատլասըն կու տան.
Թէվուր լալով զըխճում անիս՝ անմահացըն մասըն կու տան.
Խոստովանիս արած միղքըդ՝ չանիս ինքար, Սա՛յաթ-Նովա:

Վուրտիղ հարսնիք,վուրտիղն սուգ,վուրտիղ սօյքաթ խաղ է ըլում.
Վուրտիղ ժամ,վուրտիղ պատարագ,վուրտիղ սիրով տաղ է ըլում.
Թէվուր հոգուդ կամքն իս անում, մարմինդ բէդամաղ է ըլում.
Վու՞ր մէ դարդին կու դիմանաս,դուն ջըրա՛տար Սա՛յաթ-Նովա:

ODE N°43 — Ou bien l'un, ou l'autre
(1758)

Accepte ta servitude, serf du peuple, Sayat-Nova.
Tous les hommes ne peuvent arracher des trésors, Sayat-Nova.
Quelqu'un t'offre de la bile, rends-lui du sucre, Sayat-Nova ;
4 Tâche qu'une pierre ne brise ton vase magnifique, Sayat-Nova.

Même à l'école, si on le bat, le fou ne sera pas plus sage,
Tant que cet invincible mal ne quittera pas son corps souffrant,
La soude ne peut blanchir le noir, et le fripon ne change point ;
8 Le rabot ne redresse pas le bois tordu, Ô menuisier Sayat-Nova.

Même si tu connais le nombre infini des galaxies,
L'œuvre de méchanceté est perdue : « Lis le Livre des Saints ! »
Les paroles d'Évangiles sont des perles, et les règles bien dites ;
12 Aux cochons, ne jette pas perles et rubis, Sayat-Nova.

Si gloire tu refuses ici, diamants tu auras, dans l'au-delà,
Si tu revêts la bure, là-haut, ils te vêtiront de soie,
Si pardon tu implores, l'hostie de l'éternité, tu auras ;
16 Avoue donc tes péchés, — et ne va pas les nier, Sayat-Nova.

Mariage ici, deuil là, ou encore là-bas, festin joyeux,
Messe ou office des morts, ailleurs, un concert délicieux,
Si tu agis selon ton âme, c'est ton corps qui souffrira,
20 À quel chagrin résisteras-tu ? Ô Pauvre Sayat-Nova !

44

Բէդասլին վուր խոսեցընիս, լալ անիլըն ինչի՞ն է շահ.
Ռանգըն վուր սիվադէն ընընգնի՝ ալ անիլըն ինչի՞ն է շահ.
Մարդ վուր քու խոսքով միռանի՝ գալ անիլըն ինչի՞ն է շահ.
Պատանքին մէ ռանգն է հերիք՝ չալ անիլըն ինչի՞ն է շահ:

Մարդ պիտի թանգ հախ տայ,ա՛ռնէ խոսքիրըն փիր-ուստադէմէն.
Ռանգըն ռանգիրուն ծածկում է, հուչրէքըն լիքն է սադէմէն.
Թէգուզ զար-զարբաբ հագցընիս, վուր չըլի ասըլզադէմէն...
Սիվ արաբի ճակտի վըրայ խալ անիլըն ինչի՞ն է շահ:

Լաւ մարդն էն է՝ սի՛րով անէ բարի հրիշտակնիրու կամքըն.
Իմաստուննի՛րըն էլ չըտեսան էս աշխարհի հուտն ու համքըն.
Զուրս գըլխանի ռաշի վըրեն աջալըն դըրիլ է թամքըն.
Աշխարհըս միզ մընալու չէ. մալ անիլըն ինչի՞ն է շահ:

ODE N°44 — Chanter Amour (1759)

Chanter Amour pour la brute
Est quelque chose de futile,
Empourprer le rouge noirci
Est quelque chose d'inutile.
Si la mort vient comme un ordre
De ta part, à quoi bon le deuil ?
Le blanc naturel du linceul
À quoi bon vouloir le teindre ?

Il faudra payer le prix fort
Pour écouter les maîtres-sages :
Caisses emplies de biens exquis,
Qui ne manquent pas de couleurs.
La noblesse ne s'acquiert point
Grâce aux habits d'argent et d'or...
Mettre un grain de beauté au front
du Maure, à quoi bon alors ?

L'homme intègre suit avec amour
La divine volonté des Anges.
Même les sages n'ont pas perçu
Les vraies saveurs de ce monde.
Et le cheval noir des enfers
Reste harnaché par la Mort.
Sur cette terre de passage
À quoi bon entasser des biens ?

Մէր ու մանուկ բաժանվեցան, մանուկն է՛նդուր ունի լալու․
Սատանէն մե դամբ է դըրի՝ Աթամի զաթըն վուրսալու․
Ծատըն սատանէն է տանում, վիրջըն մընում է վա՜յ տալու․
Վուր չէ Ուռնի կալի նըման՝ կալ անիլըն ինչի՞ն է շահ։

Ծուռ էրիտ չարխըն-փալագըն, դօվլաթըն միզից խըռով ա․
Ում հագին հին շալ ին տեսնում, էլ չին ասում, թէ էս ո՞վ ա․
Եարովըդ մէկ մըհլամ չունիս, էնդուր գուլաս, Սա՛յաթ-Նովա․
Ջարէքըն դիղըդ չին գիդի՝ փալ անիլըն ինչի՞ն է շահ։

Mère et enfant sont séparés,
Et l'enfant a droit de pleurer.
Le Diable a lancé ses filets,
Pour chasser les enfants d'Adam.
Satan n'a plus qu'à récolter,
Nos larmes n'ont plus qu'à couler.
Si ce n'est pas comme l'aire d'Ornan,
À quoi bon labourer la terre ?

La roue du Sort se détourna,
La richesse toujours nous ignore.
On reste indifférent au nom
De celui qui porte haillons.
Pour ta plaie, Sayat-Nova,
Il n' y a point de solutions.
Et les médecins n'en trouvent pas,
À quoi bon les incantations ?

45

Հիմքըդ վերըստին նուրեցին,չաղ արին,Մողնու սուրբ Գե՛ւուրք.
Քար ու կիրըդ օխչըրի կաթ շաղ արին,Մողնու սուրբ Գե՛ւուրք.
Աջ ու ձախ կախեցին՝ բրօլէ ճաղ արին,Մողնու սուրբ Գե՛ւուրք.
Յիրգնուց լուսըն վըրէդ կամար-թաղ արին,Մողնու սուրբ Գե՛ւուրք։

Պատիրըդ՝ կարմիր ագուրով, սընիրըդ՝ տաշ մարմար քարով,
Հընդու միջէմէն դուս էկած վարագուրըդ՝ ղալամքարով,
Թագիրըդ՝ անգին ակնիրով, զգիստըդ՝ զարբաբով,զարով.
Բիմըդ ու խաչկալըդ դրախտի բաղ արին,Մողնու սուրբ Գե՛ւուրք։

Վիրնատունդ՝ սանդալէ տախտակ,ռանգըն է տօրօնի նըման.
Հոգով ու մարմնով կու սըրբվի, ով քիզ գուքայ մօնի նըման.
Տապանակ ուխտի կըտակաւ խորանդ Ահարոնի նըման.
Միաբանքըդ քաղցըր ձայնով տաղ արին,Մողնու սուրբ Գե՛ւուրք։

ODE N°45 — Saint-Georges de Morni
(1759)

Saint-Georges de Morni, tes fondations sont encore renforcées,
Saint-Georges de Morni, du lait de brebis versé au mortier,
Saint-Georges de Morni, fils de cristal de partout accrochés,
Saint-Georges de Morni, l'arc de clarté tombé de l'empyrée.

Tes murs de briques rouges, tes piliers en beau marbre taillé,
Ton rideau aux dessins tout estampés, des Indes importé,
Tes couronnes aux précieuses gemmes, tes habits en soie, dorés,
Ta chapelle fut le jardin d'Eden, Saint-Georges de Morni.

Ton chœur en parquet peint en rouge semble du carmin,
Qui vient en serviteur, se sent purifié corps et âme,
Selon les préceptes du reliquaire, comme le prêtre Aaron,
Tes prêtres louangèrent ton autel, Saint-Georges de Morni.

46

Էշխեմէդ հիւանդացիլ իմ, դի՛ղի համա իմ լալի·
Վախում իմ, թէ դարդըն հալէ, յի՛ղի համա իմ լալի·
Ծահի կարգած վէքիլի պէս գի՛ղի համա իմ լալի·
Տանէն դուս արածի նըման տի՛ղի համա իմ լալի։

Մէ տիղ հուքմի-հէքիմ չըկայ՝ դոււըն էհամ, կանչիմ հա՜րա·
Վի կէնայ Լօղման հէքիմըն, բալքամ դարդիս անէ չարա·
Տե՛ս, թէ ի՞նչպէս է շըփոթվի, դուն իմ խի՛լքին մըտիկ արա·
Ջուրըն էկաւ, գերանըս տարաւ, ծի՛ղի համա իմ լալի։

Սիրտըս էշխեմէն էրած է, դուգունըն, դաղըն ի՞նչ կ՚օնիմ·
Վու՛նց ղոբա ունե, վու՛նց չափար, յիս էնպես բաղըն ի՞նչ կ՚օնիմ·
Անղի լարըն կըտըրվիլ է, դարդակ սադաղըն ի՞նչ կ՚օնիմ·
Նիտըս քարումըն կոտրեցի, թի՛ղի համա իմ լալի։

Ղալամըն գիրըս չէ գըրում՝ մէ չուրացած թանքի նըման·
Խօսքիրըս մէմէկ չի ասվի՝ իմաստններու բանքի նըման·
Մէջըն չիմ կանացի մըտնի, ծովի ծածկած վանքի նըման·
Խոստովնահէրըս հիռացաւ, մի՛ղի համա իմ լալի։

Գիղումըն՝ մէլիք-տանուտէր, քաղաք տիղըն սուլթան-խան իս·
Բաղումըն՝ վարդ ու մանուշակ, սարումըն՝ սըմբուլ-սուսան իս·
Ղաբուլ ունէ Սայաթ-Նովէն՝ թաք քու ձեռով դուն սըպանիս·
Միռնելուս համա չիմ հոգում, ցի՛ղի համա իմ լալի։

ODE N°46 — Sans descendance, je suis
(1758)

De ton amour, malade suis, – pour le remède, je pleure.
Peur que le chagrin fonde, – pour le chrême, je pleure.
Comme le représentant du roi, – pour le village, je pleure.
Comme un chassé-de-chez-soi, – pour la maison, je pleure.

Je ne vois aucun médecin, qui puisse m'apporter secours.
Vivant, le médecin Lorma, aurait trouvé une solution.
Regarde, comment mon pauvre esprit est tourmenté.
Les eaux emportèrent ma poutre, – pour la paille, je pleure.

Amour a consumé mon cœur. À quoi bon plaie et brûlure ?
À quoi bon la roseraie, sans barrière et sans clôture ?
La corde de l'arc est rompue, à quoi bon le vide carquois ?
J''ai brisé ma flèche à l'emploi, – pour la pointe, je pleure.

La plume n'écrit plus mes récits comme de l'encre desséchée,
Mes dires se content réunis, — tels des philosophes les récits.
Je ne peux y pénétrer, église dans la mer engloutie.
Il est parti mon confesseur, – pour le péché, je pleure ;

Au village, tu es le chef, à la ville, tu deviens sultan-khan.
Une petite fleur des montagnes, roses et violettes au jardin.
Sayat-Nova donne son accord d'être occis de ta main.
Je n'ai pas peur de ma mort, – pour la descendance, je pleure.

Յիս կանչում իմ **լալանին**․
Բադէշխանէն **լալանին**․
Վա՜յ թէ հասրաթէդ միռնիմ․
Բըլբուլ լիզուս **լալանին**․
Դօստիրըս հիռու կանգնին,
Եադիրըն գան **լալանին**:

Քիզ սազ գուքայ ալ ղումաշըն, նազա՛նի․
Ե՛կ ճակատիդ կապէ զարլու մուղայիշ․
Ձեռիդ բըռնէ՛ օսկէջըրած մըկրատըն,
Խուճուճ-խուճուճ կավիրուդ տուր արայիշ:

Յիս կանչում իմ **եարանին**․
Թէնջիս, վարսաղ, **եարանին**․
Ո՞վ ասաւ, թէ նըհախ տիղ
Յարիդ մէջըն **եարանին**․
Աւիտարանըն կու տայ
Խոնարհ մարդուն **եարանին**:

Պատուական տեսնիլու նօվաբու նա՛ջար,
Բըլբուլին գըժվեցնող թօփ վարդի սա՛ջար,
Աչքիրուդ ունքիրըդ էլաւ մուհաջար․
Թերթերուկիդ մազըն՝ զար, օսկու զարնիշ:

Յիս կանչում իմ **զայանին**․
Նու [ու] Այիք **զայանին**․
Դու՛ն իս ասի՝ նըհախ տիղ
Եարի սիրտըն **զայանին**․
Ծա՛հն էր քաշի, չէր դիմանայ
Էս իմ քաշած **զայանին**:

ODE N°47 — Visions de Nazanie
(1753)

J'appelle Anna, mon rubis, (Lalanie)
Importé des mines de Badechkhan.
Peut-être mourrai-je de nostalgie,
Ma langue-rossignol couperont-ils.
5 Que pleurent les ennemis, restent à l'écart mes amis.

Tu portes la soie pourpre à merveille, Nazanie,
Orne ton front avec un ruban d'or,
Et tiens à la main des ciseaux plaqués or,
9 Coiffe, coupe, tes cheveux torsadés.

J'appelle Anna, mon Amie, (Yaranie)
Odes, ballades lyriques et vers.
Qui dit qu'en vain ils ouvrirent,
Une plaie dans ta blessure ?
14 Dans les Ecrits l'homme juste est béni.

Aux nuances dignes de noblesse,
Rosier touffu ; folie du rossignol,
Tes sourcils, arches de tes yeux,
18 Tes cils furent en or, merveilleux.

J'appelle Anna, ma si douce, (Zayanie)
Ils séparent le N du A,
C'est toi, qui dis : « Ils poignardent
Le cœur de l'amant, sans raison. »
23 Personne ne supporterait cette perte, même le roi.

Հուտըդ աշխարհ բըռնից, փըռանգի մա՛ջում,
Դստամազըդ դառաւ սիմ ու աբրէշում.
Կըռնիրըդ շիմշատ է, մատնիրըդ է մում.
Ծուցըդ բաղչա ունիս, մէջքըդ է ղամիշ:

Ցիս կանչում իմ **մերանին**,
Սկըզբնական **մերանին**.
Թուղ դօստիրըն շատանան,
Թըշնամիքըն **մերանին**.
Ասի, թէ յիս քու ախպէր՝
Քու մէրն ինձի **մերանին**:

Բէմուրվաթ եա՛ր, խիլքըն գըլխէս մի՛ տանի.
Դարդիրըս շատացաւ քա՞նի մէ քանի.
Գիդիմ վուր, եա՛ր, դուն ինձ լայիղ չիս անի՝
Դուն մէ թագաւուր իս, յիս մէ խիղճ դարվիշ:

Ցիս կանչում իմ **մասանին**.
Սէ ու Այիբ **մասանին**.
[Ցիս քիզնից չիմ հիռանայ,
Գ՚ուզէ ինձ ան**մաս անին**.
Սայաթ-Նովէն քու եարն է.]
Թէգուզ **մանէմաս անին**:

Դաստամազըդ նըման սընբուլ-սուսանի.
Վախում իմ, թէ սէրըդ սիրտըս կէս անի.
Կու միռնիմ, էլ ինձի պէս չիս տեսանի.
Քու Սայաթ-Նովէն իմ, մի՛ անի ղիմիշ:

Délice de France, le monde baigne en ton parfum,
Ta chevelure devint, cordes fines, de la soie,
Tes bras, bois du rosier, des cierges sont tes doigts.
27 Ta taille est de roseau, ta poitrine, – un jardin.

J'appelle Anna, la nôtre, (Méranie)
La cause du commencement.
Que les amis s'accroissent,
Et les ennemis disparaissent.
32 Si ton frère je suis, ta mère sera la mienne.

Ne me rends pas fou, – Ô cruelle Amie,
Jour après jour, s'amplifient mes chagrins,
Nous sommes inégaux, je le sais, ma mie,
36 Moi, – un simple derviche, toi, – un souverain.

J'appelle Anna, mon diamant, (Massanie)
Ils séparent le A, du S,
De toi, je ne m'éloignerai,
Même s'ils me laissent sans hostie,
41 Sayat-Nova est ton Ami, même s'ils veulent l'occire.

Ta chevelure, de l'encens, elle est la fleur,
Je crains que ton amour tranche en deux mon cœur,
Je mourrai. Comme moi, point d'autre tu ne verras,
45 Non ! Ne me sacrifie pas ! Je suis ton Sayat-Nova.

* * *

Postface

— RESSUSCITER SAYAT-NOVA — (1722-1795)

Aime l'écriture, aime la plume, aime le livre.
Sayat-Nova

La véritable biographie d'un poète est dans ses vers.
Joseph Brodsky

*

Traduire enfin Sayat-Nova en langue française, «*Haroutine*» en arménien, du mot — « *Haroutioun* » : Résurrection, — d'où l'origine de son prénom.

Ressusciter Sayat-Nova donc, ce poète arménien de la Transcaucasie du XVIIIe siècle, comme Sergueï Paradjanov avait déjà tenté de le faire avec son film-tableaux en 1968, *La couleur de la grenade*. Sayat-Nova vécut à la cour de Géorgie, musicien, poète et troubadour, il laissa un *dîwân* selon les Orientaux ou un *daftar*, écrit en trois langues, en arménien dialectal de Tiflis mâtiné de langue persane, en géorgien et en turc. Ses odes arméniennes sont consacrées surtout à l'amour, et plus précisément à son unique élue, la Dame de son cœur, sa *Nazanie*, — l'Inégalée, sans doute la belle princesse Anna Batonachvili, sœur du roi Irakli II de Géorgie.

Jean-Jacques Rousseau avait dix ans et Denis Diderot onze quand Sayat-Nova naquit. Voltaire écrivait la première version de *La Henriade*. Sayat-Nova mourut un an après l'exécution d'André Chénier et de Fabre d'Églantine, deux ans avant la naissance d'Alfred de Vigny et quatre ans avant la mort de Beaumarchais. Quant au marquis Donatien Alphonse François de Sade, il achevait d'écrire sa *Philosophie dans le boudoir*.

Ce *daftar*, livre de renom de l'Asie mineure au Proche-Orient, a été écrit avec une grande modernité en langue arménienne, géorgienne et azérie. Sayat-Nova, — ce *bâtisseur de ponts* entre les cultures, fut *si chèrement acheté* comme *serf* par son roi. Il acheva sa vie, amant désespéré face à cette dame inaccessible, insensible, mais non *sainte*, n'écrivant plus, comme simple moine copiste du nom de Salomon, au monastère d'Haghpat en Arménie d'aujourd'hui où il fut assassiné par les soldats d'Agha Mehmet Khan, après avoir refusé d'abjurer sa foi. Traduire Sayat-Nova en langue française n'a jamais été entrepris en raison de sa difficulté. La traduction de cette œuvre est un périlleux travail. Traduire cette langue élégante et profonde du XVIIIe siècle est un pari difficile. C'est une lourde tâche qui relève parfois du pur miracle, celle de vouloir traduire le mystérieux, — *l'insaisissable.*

Traduire un poète, c'est tout d'abord l'aimer, puis chercher à comprendre par tous les chemins — un esprit, une culture ancienne, une langue riche aux origines diverses, voire ici plusieurs langues. Traduire est une tentative de serrer le sens au plus près, par fidélité au sens premier sans volonté consciente d'interprétation, sans volonté de métamorphoser le texte en quelque chose d'autre que le texte à son origine. Point donc de broderies orientalistes ici, de celles qui ont tant dégradé la poésie arménienne en traduction. Le sens, — rien que le sens, — fondateur de toute musique. La musique, seule mesure, unique métrique de la poésie.

J'ai traduit Sayat-Nova comme un frère.

Ce long travail hautement musical s'interrompt à peine, lors de ces longues heures d'été où s'achève l'œuvre émergée des épreuves de la sixième version. Il ne cesse de m'interroger sur la fragile mission du *passeur* entre les langues, les cultures et les siècles, tâche toujours inachevée, jamais satisfaisante... Ce siècle des *cœurs sensibles*, pour Arthur Rimbaud, se révèle capital pour bon nombre de civilisations. Et, nous avons bien, ici, un poète majeur à la mesure de son siècle ; ses poèmes lyriques par excellence tantôt graves et joyeux, tantôt profonds et légers, méritent une interrogation d'envergure, ce grand Œuvre soulève de riches questionnements. Son *dîwân* ou *daftar* n'est-il pas de la *belle ouvrage* d'universelle portée ?

Il y a du glacier chez Sayat-Nova, et il faut le gravir. Du feu et de la glace. Brûlure de la dure plaie, blessure toujours ouverte, homme à vif, cœur sensible. Sa couleur, — le rouge cramoisi, amarante ou pourpre. Sa voyelle, le *i*, — i rouge. D'un rouge strident, saturé, parfois injecté de sang, aveuglant, Rossignol aveuglé.

Rubis et sang, — pur diamant.
Pierre de sang, — Ô merveille.

Le style de Sayat-Nova est une mosaïque unique de langues, de notes colorées, de tonalités différentes, où l'expression lyrique faite de notions abstraites côtoie des mots d'une rage concrète. Style somptueux où l'arménien classique, — le *grabar,* — a pour voisin l'arménien dialectal mâtiné de langue persane, langues de la Tiflis du XVIIIe siècle. La Tiflis d'alors toute remparée, avec sa place d'armes, son grand marché, ses ruelles et ses balconnets en bois, résonnait de moult langues. Et, malgré la brutalité sanguinaire des guerres religieuses et identitaires, cette diversité unissait les populations.

Un œil de graveur brûle dans le style de Sayat-Nova, même s'il a été une oreille, avant même d'être un œil. Un regard sombre de peintre où l'on voit passer des marchands de fromages si délicats, de fruits incendiés, de vins couleur de sang, presque noirs. Aroutine vécut comme un homme *séparé,* à l'écart des autres hommes, car *irréductible*. En vrai musicien populaire joueur de *qamantcha*, il inventa des volutes de vocables, afin de nommer Anna en mosaïque de sons, de chanter la Belle en soie chamarrée de mots, larmes fuyantes d'images. Chant du cygne — à contre-ténèbres. Aroutine fut un homme emporté, emporté par l'amour et la musique, par la poésie et les anges, jusqu'à la culpabilité, jusqu'à la folie, folie de ses lèvres pourprées, folie de ses lèvres-étincelles.

— Nazanie ! Beauté l'a ruiné, l'a consumé.

Sayat-Nova fut un homme torturé. Sa vie et son âme étaient une torture. Paradjanov l'a fort bien souligné au début de son film.

Que de sang dans cette œuvre, que d'épines et de souffrances ! Du rouge, — à perte de vue... Paradjanov avait *vu* juste avec *la couleur de la grenade*. Du rouge, et du noir, surtout à la fin. On y rencontre des diamantaires, des orfèvres-bijoutiers, des marchands de soieries, de mousselines et de brocarts venus d'Orient et d'Occident, des mains inconnues plongent dans de grands sacs d'épices. On y hume les effluves de café, le safran, la cannelle, le girofle, le poivre, la noix muscade, le gingembre et le basilic, on y respire les riches parfums pénétrants : le musc, l'ambre gris, ainsi que l'encens. En effet, la Tiflis de cette grande époque d'échanges semble tout droit issue de la langoureuse mélodie d'une petite flûte orientale, en bois d'abricotier — d'un *doudouk*.

Vigueur et cruauté caractérisent cette œuvre en langue arménienne. Chants d'amour du Rossignol hélant sa Rose, chants d'un errant aux frontières de la folie, chants dont l'insuccès auprès de *La Belle Dame* réduira fatalement, et cela sur ordre royal, au silence monastique, — puis à la mort. Une vie d'écorché passée dans les épines, en une guerre silencieuse, contre un pouvoir tout-puissant. À un fil de soie tenait la vie de Sayat-Nova. Il avançait masqué, sous le voile de ses vers ambigus, car sa vie à la cour l'y obligeait, lui, rossignol en exil, elle, Rose parmi les roses.

La Rose et le Rossignol aurait pu être le titre de ces 47 odes dans le dialecte arménien de Tiflis, odes strophiques destinées à être chantées pendant les banquets et joutes avec accompagnement musical, *kamantcha*, vièle à pique à quatre cordes, luth, ou bien lues, lors de festins et cérémonies. Victor Hugo parlant de l'ode, écrivit en 1822, dans sa préface à *Odes et ballades* : *« C'était sous cette forme que les inspirations des premiers poètes apparaissaient jadis aux premiers peuples. »*

Beauté de la Rose, inapprochable, cerclée d'épines, comme la princesse Anna pour un pauvre hère, un misérable *serf*, une *« pauvre créature »* selon sa propre opinion, malgré son statut de troubadour préféré du roi Irakli II de la Géorgie orientale, dans la merveilleuse *Tiflis*, ancien carrefour des civilisations sur la route des Indes et de la Chine, aujourd'hui la Reine meurtrie du Caucase, — Tbilissi.

Beauté du chant et fièvre du Rossignol, malgré la fragilité d'une vie suspendue aux désirs impérieux d'un roi impitoyable. Sayat-Nova voulut le bonheur sans condition, lui qui pressentait sa mort, aurait sans doute préféré mourir de la main d'une *Gentille Dame* ; mais, il périra sous le yatagan perse.

Voilà un homme qui aurait pu parler, s'il avait vécu deux siècles plus tôt, la même langue que le *gentilhomme vendômois* Pierre de Ronsard, ou Joachim du Bellay l'Angevin, dans sa *Deffense et illustration de la langue francoyse*, lui qui réservait à l'ode : *« le discours fatal des choses mondaines, la sollicitude des jeunes hommes, comme l'amour, les vins libres et toute bonne chère ».*

Et, comme nous entendons bien des résonances,

Tes cheveux, ma mie, restèrent sur la lisse, je m'évanouis.
Et sur le rosier le rossignol dort, comme le jardin est beau.
(Ode n°34)

parfois, des échos lointains, même « pétrarquisants » :

Blanc, gracieux et précieux gant
Qui recouvrait cet ivoire sans tache et ces roses délicates,
Personne au monde vit-il jamais de si douces dépouilles ?
(Sonnet 199 de Pétrarque)

Dans la seconde partie du *Canzoniere*, « In morte », Pétrarque chante sa « *douleur amoureuse* », d'une voix que l'on pourrait croire celle de Sayat-Nova :

« Pauvre de moi, je ne sais où je me dirige… »
« Je vais pensant, et les pensées m'assaillent… »

En cette voix si singulière aussi de Pierre de Ronsard, dans son ode immortelle, connue de tous, à sa maîtresse Salviati, nous y percevons des harmoniques semblables à celles de Sayat-Nova en son Jardin de Roses :

À Cassandre

Mignonne, allons voir si la rose
Qui ce matin avoit desclose
Sa robe de pourpre au Soleil,
A point perdu ceste vesprée
Les plis de sa robe pourprée,
Et son teint au vostre pareil.

Lui aussi, acheva sa malheureuse vie d'homme infortuné, comme prieur de Saint-Côsme en-l'Île, dans une époque déchirée par l'inclémence des guerres de religion. Tout comme Pierre de Ronsard sur ce point, dans son *Premier Livre des Amours*,

Amour, Amour, que ma maîtresse est belle ! [...]
Amour, Amour, que ma Dame est cruelle !

(N°49)

Sayat-Nova a sans doute lu et médité *Le Livre des Lamentations* de Grégoire de Narek (950-1003), et surtout, les quatrains, ces poèmes d'amour du grand lyrique Nahapet Koutchak du XVIe siècle, tous deux vécurent autour du lac de Van. Koutchak fut le catalyseur des forces vives de la fertile tradition populaire des trouvères, les *achours*, ces bardes médiévaux. Lui aussi, méconnu, et souvent hélas, plus *adapté* que traduit.

Sayat-Nova demeura loin de tout pétrarquisme, plutôt proche des grandes heures de la poésie persane avec Ferdowsi de *Tous* et son *Livre des Rois*, son *Shâhnâmeh*, proche aussi du grand Khayyâm et de ses *Rubâ'iyyat*, lui aussi du Khorassan. L'immense Chiraz comme *centre-roses* avec Hâfez, et le grand Sa'adi.

... et la rose naît de l'épine

dit le poète persan du XIIIe siècle dans son *Golestân* (La Roseraie). Belle et profonde métaphore du destin de Sayat-Nova. Puis, il lut surtout, il médita l'œuvre du géant mystique Jalâl Al-Din Rumi et sa *Quête de l'absolu,* — son *Masnawi-é ma'nawi.*

Sayat-Nova vécut les rapports d'un serf à son roi. Il n'hésita pas à critiquer sa Belle *Nazanie* avec férocité, et sauvagerie parfois, avec passion et courtoisie, mais toujours avec le raffinement de son temps et de son cœur. La belle Anna Batonachvili demeura, envers et contre tout dans l'ordre des choses, la sœur du roi, autre figure de la puissance royale, malgré la force du lien qui attachait Sayat-Nova à cette personne. Auprès de cette belle femme mariée, sans doute assassine, fort cruelle, il ne fut qu'un simple musicien, un pauvre troubadour parmi d'autres.

Nulle rose sans épines, n'est-ce pas ?

Le cerveau, — tu m'as arraché,
Ah ! Tes promenades... — Cœur sauvage !
(Ode n° 9)

Dans le légendaire désert d'Arabie du VIIe siècle, Madjnun, *Le Fou de Leïla,* l'aima à en mourir jusqu'à l'entière consomption, dans les larmes et le sang. Cette œuvre fondatrice et moderne influença Sayat-Nova par similitude avec sa destinée. *« Aimer en disant et mourir en disant »* comme le rappelle André Miquel, dans son œuvre où il n'est question que d'amour et à une époque où *« seul l'amour impossible était parfait ».*

Dante Alighieri célébra son amour pour Béatrice dans *La Vita Nova*, Francesco Petrarca dédia son *Canzoniere* à sa Laure, et comme Madjnun pour Leïla, Sayat-Nova chanta en son *Daftar* sa Nazanie, de sa voix forte et rauque d'homme esseulé, — brisé. Car, il fut aussi, un bel et incomparable chanteur selon quelques témoignages. Sayat-Nova a toujours été très aimé des écrivains et poètes du XXe siècle, surtout par Éguiché Tcharents (1897-1937) et Parouïr Sévak (1924-1971). Ce dernier publia un grand livre sur le troubadour, en 1963, à Érévan. Sayat-Nova laissa une vivante trace musicale dans la mémoire populaire des habitants du Caucase d'hier et d'aujourd'hui.

Comment a-t-on pu oublier en France et en Europe, pendant si longtemps, un tel troubadour d'Orient aimé du XVIIIe siècle jusqu'à nos jours, par trois peuples de la Transcaucasie ? Que dire de ceux qui n'ont rien fait pour traduire, défendre et faire connaître, avec honneur et dignité, cette langue ancienne si riche de culture, de légendes et d'épopées. Je pense notamment au *David de Sassoun*. Le temps n'est-il pas venu de réparer une grande injustice et de mettre en lumière tant d'éblouissants trésors ? *Ô Mher !...*

En vrai tisserand, Sayat-Nova a su comme un simple artisan tissé sa poésie d'ambiguïtés, somptueuse d'allégorie baroque au sens où Walter Benjamin parlait de cette *éruption d'images qui retombent en une pluie chaotique de métaphores*.

Immense mulquinier (ou tisserand) d'images, comme Sarkis Paradjanian (dit *Sergueï Paradjanov*) a été *bateleur d'images*. Son film, chef-d'œuvre allégorique, demeurera comme une vraie *clef* pour la compréhension de l'œuvre du troubadour. Tous deux *parlent autrement*, par *figures*, et c'est là, toute la force de leur création intemporelle sur l'agora de leur temps et de tous les temps.

Mon eau est différente chantait Sayat-Nova, sa parole fut en effet, — différente, fort différente. Ses représentations concrètes frappent l'esprit par leur haut et puissant contenu symbolique. Derrière les précieuses gemmes, sous les robes d'apparat et la magnificence des images, se musse une poésie sauvage, cruelle, à la syntaxe tourmentée, et même torturée par endroits. Elle est l'expression lyrique d'une riche pensée, nourrie d'ambivalences amoureuses, politiques et religieuses : — amour et haine, respects et colères, supplices et délices...

Un profond sentiment de *despit* amoureux semble dominer l'ensemble du *daftar*. Faut-il rappeler le mépris dans lequel vivaient les serfs ? Que pouvait donc attendre Sayat-Nova de la part de cette Anna, sœur fière d'un roi sans pitié ? Et, qui suis-je pour porter jugement sur leur impossible relation ?

Ce que l'on peut affirmer, c'est que Sayat-Nova aura révélé en son livre écrit dans le dialecte arménien de Tiflis, la partie la plus intime de son cœur, de son être ; sans aucun doute — son être même.

Une fenêtre est ce monde,
De ces fenêtres — las je suis.

Christian Poché, dans un article succinct *Bardes du Caucase* lisible sur le *net*, montrait le fil rouge à ne pas franchir sous peine de *disgrâce*, les limites à ne pas dépasser sans connaître le définitif exil de la cour, et donc, l'absolu bannissement dans la vie monastique.

Le barde regarde le monde à travers une fenêtre et ne participe en rien à ses drames ou à ses joies. Il est donc en dedans et au dehors. Il devient en quelque sorte le bouc émissaire du corps social où il est amené à susciter l'amour sans pour autant y succomber.

Mais Sayat-Nova a été piégé, il fut maudit par le monarque, car s'il suscita l'amour d'Anna, il y succomba aussi. Sur cet autel, il y brûla, corps et biens.

Rendons justice à Sayat-Nova, ressuscitons le *grain* de sa voix en Europe, son timbre unique, écoutons tinter les clefs de la langue arménienne en sa sublime trace de troubadour, et n'oublions pas sa belle musique de ménestrel, son riant pourpris de Printemps, — où le Rossignol errant va quérir sa Rose.

Ossip Mandelstam après son ultime *voyage en Arménie*, écrivit en automne 1930 de Tiflis, ces vers qui fulgurent de saisissante vérité :

Vite : plisse la paupière comme un Shah scrutant sa turquoise
et colle ton œil à ce livre d'argile sonore, à cette terre du livre,
à ce livre putride, à cette argile sans prix
qui nous tourmente comme une musique ou comme un mot.

Paris, 2001 — Ficabruna, Haute-Corse, août 2006.
Serge Venturini

Notes

Il nous aurait été fort difficile (en particulier sur le plan linguistique) de pénétrer dans l'univers de Sayat-Nova et de traduire ses 47 odes arméniennes, si nous n'avions pas eu connaissance des précieux travaux réalisés par les spécialistes de Sayat-Nova, notamment ceux de Morous Hasratian et ceux de Henrik Bakhtchinian.

Les mots d'origines étrangères sont en abondance dans la poésie de Sayat-Nova. Nous avons donc choisi le terme « mot étranger », pour tous les mots qui ne font pas partie de la langue arménienne d'aujourd'hui, mots arabes, persans ou encore turcs, afin d'éviter tout malentendu.

Même si Sayat-Nova n'a pas jugé bon d'octroyer un titre à ses odes strophiques, il nous a semblé utile pour le lecteur d'en donner un, afin de tracer une perspective, d'éclairer un peu le lointain chemin de chacune des odes.

Ode n° 1
Sayat-Nova ouvre son recueil de poésies avec cet éloge à la gloire de son protecteur, le roi géorgien Irakli II dont il a été le chanteur-interprète à la Cour, de 1744 à 1759. Sayat-Nova glorifie la force et le courage du roi, mais également révèle la cruauté et les exploits du guerrier.

V 1. *le chanteur sacré,* — littéralement, le troubadour qui glorifie et compose suivant l'enseignement de Chakhata Ismaïl-khatayi. C'est le nom donné au roi perse Ismaïl I (1487-1524), le fondateur du mouvement spirituel soufiste.

V 9. *le chanteur profane,* — littéralement, le troubadour qui ne suit pas le juste chemin de Dieu et qui ne glorifie pas le Tout-puissant.

Ode n° 2

V 4. littéralement, — Celui qui te voit qu'il meure avant toi, pour ne pas te voir tête nue.

Depuis les traditions et les cultes païens, une femme mariée en deuil se montrait la tête nue pendant les funérailles et devait pleurer en louangeant son mari défunt. Avec l'évolution des mœurs, les pleureuses remplirent ce rôle.

V 10. *pour ne pas te voir chagrinée*, — littéralement, pour ne pas te voir le cou penché.

Ode n° 3

Sayat-Nova décrit les étapes de la vie d'un troubadour et les règles qu'un jeune barde se doit de suivre.

L'ode est construite sur la base de la concaténation des strophes par le biais de mots polysémiques.

Elle contient une grande partie des symboles, des métaphores et des comparaisons qui sont dans l'univers du poète. Tels, le Rossignol et la Rose, le Feu ardent, le rubis et la perle noble, sultan et khan, les seins-grenades, le tissu fin aux fils d'or, etc.

V 6. D'après les règles établies pour l'apprentissage de l'art du chant-troubadour, le poète-chanteur-improvisateur devait apprendre sérieusement le métier jusqu'à ses trente ans, avant d'affronter les imprévus et les aléas lors des compétitions publiques.

V 13. *le sultan et khan ;* mot composé qui signifie pouvoir royal, pouvoir suprême.

V 21. — littéralement, Je suis malade à cause de l'**échkh** (mot étranger qui signifie amour, inspiration amoureuse, passion, etc.).

V 26.— littéralement, Belle, dans ta bouche, c'est du **lal** (mot étranger qui signifie rubis). Dans la poésie lyrique, en général, le rubis symbolise l'Amour.

V 32 . *voile féerique* — du mot étranger **ghalamqar** signifiant du tissu fin.

V 33. *peinte au pinceau* du mot étranger **ghalam** (pinceau) et du participe passé du verbe arménien **qachats** (dessiné).

V 37. — littéralement, Tu es du sucre dans du verre de Chiraz. La ville de Chiraz dans la province de Fars était réputée pour ses roseraies, et ses orangeraies et la fabrication artisanale du verre soufflé. C'est aussi la ville de Hâfez avec son fameux mausolée et la ville de Sa'di.

V 47. — littéralement, Tu fais danser joyeusement tes petits melons parfumés (**shamam,** mot étranger — qualité de melon rond, petit et parfumé).

V 48. Ici, la concaténation est basée sur le mot étranger **dam** qui a plusieurs significations — joie, amusement, et avec le verbe arménien « faire » peut avoir le sens de bouger, s'amuser, danser.

V 44 – 45. Jeu de mots basé sur les mots étrangers **djam** (verre, porcelaine) et **khathrdjam** (assurance, confiance, rassuré ou encore être sûr, etc.).

V 53. — littéralement, Celui qui vient t'admirer.

V 60-61. Jeu de mots basé sur le mot étranger **nour** (lumière) et le mot arménien dialectal **nour** (neuf, nouveau).

V 63. — littéralement, Tu te promènes dans la roseraie.

V 129. — littéralement, Tu transformes tes larmes en eau du fleuve.

Ode n° 4
V 3. — littéralement, Beaucoup de diamantaires te cherchent ; tu es une pierre précieuse, louangée.

V 13. De ton histoire j'ai fait un livre, et il faudra un éléphant pour le transporter.
Le mot étranger **Daftar,** - livre, recueil - est la définition que le poète donne à son ouvrage de poésies.

V 16. Le cyprès est comparé à la taille élancée de la personne louangée.

V 18. — littéralement, Quand je mourrai, que ma tombe soit jonchée de fils dorés de ta chevelure tressée.

V 20. — littéralement, Beaucoup de monde pense que j'ai une Bien-aimée, mais tu es différente, autre, louangée.

Trompeuses apparences... Non seulement le poète est le prisonnier à vie d'un sentiment déchirant et tragique, mais de plus, les gens ne voient pas, ne comprennent pas son immense chagrin. Déréliction.

Ode n° 5

V 9-10. — littéralement, Ma mie, tu es entrée au jardin, tu émerveilles.

V 13-14. — littéralement, Tu as mis le feu dans mon cœur, je brûle, tu me brûles, me tourmentes.

V 29-30. — littéralement, Ma mie, je te dis bonjour, tu te retournes et tu me disputes.

V 35-36. — littéralement, C'est encore moi qui supporterai cette tristesse, même si j'ai des sanglots et de la souffrance.

Ode n° 6

V 7-8. — littéralement, Tu as du **nabath** (mot étranger signifiant sucre cristallisé et légèrement rosé) sur tes lèvres, Tu ressembles au **rand** (mot étranger signifiant sucre) et au sucre.

V 16. — littéralement, Tu ressembles à une amie de compassion.

V 20. — littéralement, Tu ressembles à un serf acheté.
Selon une des hypothèses concernant la période où Sayat-Nova fut apprenti-troubadour, le roi Irakli II l'aurait acheté, le sauvant ainsi de l'esclavage.

Ode n° 7

Le poème est construit sur des parallèles symboliques. Le poète appelle le Rossignol, parce que le Rossignol errant qui cherche la Rose comprendra le poète à la recherche de sa Belle. Ici, le Rossignol symbolise le poète amoureux, et la Rose représente la Femme inaccessible. Le sentiment dominant qui lie ces personnages est le chagrin d'amour.

Ode n° 8

Hymne à la fraternité.

V 3. *source lactée* symbolise la force de vie et la vie éternelle. On la trouve également dans l'épopée arménienne, *Sassountsi David* où les protagonistes Sanasar et Baldasar - deux frères venus en Arménie, dans la province de Sassoun - deviennent invincibles en buvant l'eau de la source lactée. Selon la Bible, Isaïe 37,38 et certaines inscriptions assyriennes de l'époque du roi Asarhaddon, les fils aînés du roi Sennacherib (-704 à -681), Adramélech et Sarasar organisent un complot contre leur père, l'assassinent et se sauvent en allant au pays d'Ararat, c'est-à-dire en Arménie.

V 4. — littéralement, Le monde est une mer, toi, un bateau au milieu, tu te promènes, tu es écume, mon frère.

V 28. *mes entrailles* — littéralement, mon foie et mes poumons.

V 29. — littéralement, Tu tuas mon cœur dans mon ventre, ton inspiration lyrique (amour) tu la transformas en jouet.

V 44. *Ville*, ici, c'est la ville de Tiflis.

V 45. *Khan*, ici, c'est le roi Irakli II.

V 46-50. Jeu de mots basé sur les homonymes en gras dans le texte: **hazar** : *milliers*, et *riches et puissants, constamment, rossignol* (mots étrangers).

V 55. *épis en fleurs*. Qualité d'herbe des prairies avec des petites fleurs parfumées, de la famille des graminacées.

Ode n° 9

V 20. *De main de gentille dame.*

Ce vers aussi est à double tranchant. D'une part, on entend le poète troubadour qui reconnaît son destin de poète, à savoir mourir de la beauté, de la grâce de la Belle, et d'autre part, c'est la détresse complète de l'homme face à l'amour inaccessible ; un destin d'homme torturé.

V 43-44. — littéralement, Que je sois sacrifié pour toi, écoute-moi, sache que ma parole est vivante.

V 45-46. — littéralement, Regarde ton Créateur, sache que **touz** (mot étranger signifiant sel), **namag** (mot étranger signifiant sel) sont également du sel.

Le sel comme symbole : « ...le sel a parfois la valeur d'une communion d'un lieu de fraternité.

...On partage le sel, comme le pain... Le sel symbolise aussi *l'incorruptibilité.*

...Chez les Grecs, comme chez les Hébreux ou les Arabes, le sel est le symbole de l'amitié, de l'hospitalité, parce qu'il est partagé, et de la parole donnée, parce que sa saveur est *indestructible* ». *Dictionnaire des symboles, Robert Laffont, J. Chevalier et A. Gherbrant, 858/sel.*

Ode n° 10

Le texte est construit autour du verbe *rougir*, de ne pas avoir honte de ses actes, il veut vivre dignement sa vie.

V 7-8. — littéralement, Que je libère ma tête du mal pour que ma **sar** (mot étranger signifiant la tête) n'en rougisse.

Ode n° 11

V 2. *Nazanie*, c'est le nom donné par Sayat-Nova à sa Bien-aimée, la princesse Anne Batonachvili (ce qui est fort probable), composé du mot étranger **naz**, charme et du prénom d'Anna ou encore du subjonctif présent, troisième personne du singulier du verbe arménien « faire », **anel : ani**.

V 8. — littéralement, Avec xylophone, qamantcha, tambour, Nazanie.

V 12. — littéralement, Mon cœur ne se rassasie plus avec les histoires drôles, Nazanie.

V 17. *Khan* est le roi Irakli II.

V 18. — littéralement, Je serai d'accord qu'on me tue, m'exécute pour toi.

Ode n° 12

La force de l'amour peut être salvatrice, mais aussi destructrice. Le poète implore la fidélité et le respect de la promesse.

V 2. — littéralement, Beaucoup de gens disent : « Je me promène avec ma **yar »** (mot étranger signifiant chérie, amante, amie, etc.)

V 3. — littéralement, Celui qui n'a pas souffert de ce chagrin (le chagrin d'amour), il vaut mieux qu'il l'ignore à jamais.

V 4. — littéralement, Qui aime une amie, il ne doit plus dire : « Je suis en bonne santé ».

V 13-14. — littéralement, Si tu interroges la lame de l'amour, Même le Rostom, le fils de Zal ne lui résistera pas.

Ode n° 13

V 2. — littéralement, Belle, qu'il te protège Celui (Dieu) à qui tu sers comme domestique.

V 3. — littéralement, Ta taille ressemble à celle de la biche et ton teint est de sucre.

Ode n° 14

V 5. — littéralement, Ta langue est sucrée comme le sucre et **charthin** (mot étranger signifiant le miel).

V 6. — littéralement, Tes cheveux ressemblent au basilic qui est enroulé autour de la rose.

V 7. *Dimanche floral* (en arménien *Tsarkazard* ; orné de fleurs). Pour l'Eglise arménienne, c'est la célébration du dimanche qui suit l'Ascension.

V 20. — littéralement, Je déambule, erre et mes larmes coulent.

Ode n° 15

Le mot central de l'ode est **memek** (mot arménien signifiant un par un, séparément).
La répétition du mot intensifie le sens des idées et des images choisies. Dans la traduction, nous avons utilisé le dédoublement de synonymes, tel *luths et lyres, d'églises en monastères, les chants et les poèmes,* etc.

V 19. — littéralement, Ils sont beaucoup plus nombreux (les écrits du poète) que ceux des Sept Sages.
Les Sept Sages est le nom donné par les Grecs anciens à des philosophes du VIe siècle avant notre ère.

Ode n° 16

V 5-6. — littéralement, Que je m'assoie et que tu me fasses de l'ombre, car tu es pour moi une tente en soie dorée.

V 7- 8. — littéralement, Apprends d'abord mon crime et après tue-moi : tu es un homme puissant - sultan et khan.

V 11. — littéralement, Ta langue est du sucre, tes lèvres sont du **rand** (mot étranger signifiant du sucre).

V 15-16. La *noble perle* souligne le noble lignage de la Bien-aimée.

Rubis de l'Asie : — littéralement, le rubis extrait dans la localité de Badechkhan, près de la chaîne des montagnes de Pamir, dans l'Afghanistan d'aujourd'hui. Ce rubis était connu pour sa beauté, et ses caractéristiques étaient très appréciées, à l'époque de Sayat-Nova.
Nous avons donc préféré parfois ne pas préciser le nom de cette localité qui nous semble-t-il n'étant pas référentiel, ni pour le lecteur francophone, ni pour le lecteur arménophone. Le *rubis d'Asie* renvoie à l'image du rubis singulier et féerique et magique.

V 27-28. — littéralement, Le monde fut assouvi par le monde, mon cœur resta inassouvi de toi.
Cette expression populaire encore de nos jours décrit l'immense insatisfaction de quelqu'un pour quelque chose d'irréalisé et probablement d'irréalisable.

V 21-22. — littéralement, Dans le nouveau jardin, tu es jardin neuf entouré de roses.

V 37. — littéralement, Tu es du gingembre, du girofle et de la cannelle parfumée.

Ode n° 17
Ce dialogue poétique est sans doute un des textes-clés qui permettent de réunir des éléments sur la vie du poète et sur son amour caché vraisemblablement pour la princesse Anna Batonachvili.

V 2. *Le beau livre de chants*, la traduction du **daftar** (mot étranger signifiant cahier, recueil de chants, livre).

V 12. Les chanteurs-interprètes étaient invités à donner des concerts à la Cour, une fois par semaine. Fait-il allusion à ces rencontres au palais ?

V 39. Ici, nous avons gardé le mot étranger **daftar**, parce qu'il s'agit de l'œuvre du poète. Car, le poète appelait ainsi son œuvre manuscrite, son livre, le **daftar.**

Ode n°18
Amour inaccessible, rêves anéantis, il ne reste que le vide et l'éloignement.
Endolori, incompris, le poète est au désespoir.

Les mots *autre remède, autre chose,* (**urich dil'**), *ailleurs* (**urich til'**), expriment la folie qui peu à peu envahit Sayat-Nova.

L'autre remède, c'est la souffrance infligée par cet amour impossible. Le poète glisse subtilement le mot remède, là où l'on pense plutôt à un poison, à petites doses.
Le poète a compris qu'il n'y a point d'avenir pour eux deux. Tout ce que la Dame de son cœur lui dit a un seul but : préserver l'homme qu'elle aime du châtiment royal. Elle l'implore de la compréhension et elle fait savoir qu'elle comprend le poète ; *ce que tu dis est ailleurs.*

Ode n° 19
V 7-10. — littéralement, Seulement que je meure et toi, tu restes en vie, ton amour est ma tombe. Que je meure pour tes charmes, ne charme pas, ton charme me tue.
V 22. *pourpris* (mot rare et sublime de la langue française) : roseraie aux roses pourpres. La couleur pourpre, celle du sang ou de la grenade, couleur favorite de Sayat-Nova ?
V 46. A trente ans, le troubadour devenait indépendant, plein de passion et de confiance. Ici, le poète pense avec consternation avoir manqué à son devoir de troubadour en étant réellement amoureux.

Ode n° 20
Le refrain est composé du mot étranger **yana-yana** qui signifie en brûlant, en souffrant.

V 2. Le verbe arménien **man gal** est polysémique :
1) se promener, aller, errer
2) chercher quelqu'un ou quelque chose
Ici, nous avons opté pour le sens de chercher, puisque le vers évoque *l'Amie perdue.*

Le même verbe dans le vers 16 est traduit par *...vais désirant...*

V 15-16. — littéralement, Sur cette terre, ta pareille je n'ai pas vue, je me promène en te cherchant...

Ode n° 21

V 3. — littéralement, De cet endroit-là, de cette situation-là. L'Amour est décrit souvent par Sayat-Nova comme un feu ardent, incandescent. Et, au fur et à mesure que l'ode avance dans cette explication, il devient compréhensible que l'endroit où le poète se trouve, n'est pas géographique, mais irréel, psychique.

V 6. — littéralement, Je me sacrifie pour les grenades de ta poitrine. La création du mot *seins-grenades* nous a permis de passer en français cette métaphore tant utilisée dans la poésie arménienne du Moyen Âge, en particulier chez le grand poète Nahapet Qoutchak (1500 ?-1592).

V 7. — littéralement, Je donnerai mon âme à tes bras faits du **chimchat** (mot étranger signifiant du bois de rosier), fin et souple.

Ode n° 22

V 10-11. — littéralement, Il te va à merveille le satin brodé d'oiseaux.

V 22. — littéralement, Le tissu doré devient rouge parce que tu le portes.

V 23. — littéralement, Tu es en amour avec le rossignol.

L'expression **lal anil** est composée du verbe arménien faire et du mot étranger **lal** qui signifie à la fois rouge et rubis : symbole de l'amour.

V 24.— littéralement, Tu as apposé un grain de beauté sur ton visage étincelant, brûlant.

Ode n° 23

V 2. — littéralement, Il pleure si fort celui qui t'aime car il se languit de la coupe de l'eau-de-vie que tu tiens dans ta main.

V 4. — *Des fruits mûris*, les seins sont comparés aux **chamams** (mot étranger signifiant petit melon parfumé).

V 7. — littéralement, Ta poitrine est remplie de quatre doigts plus que ta hauteur.
Pour mettre en valeur la poitrine généreuse de la Dame, le poète utilise cette hyperbole. Peut-être s'agit-il là d'une femme enceinte dont le corps se modifie.

V 11. — littéralement, Tous tes membres sont parfaits, en tout, trois cent soixante-six !

« En Orient, selon une certaine perception populaire, le nombre des veines du corps humain s'élève à 366 ».
(H.Bakhtchinian,« Sayat-Nova », Érévan 1989, page 454.)

V 12. *Branches fines* – **Chimchat**, mot étranger signifiant une qualité de bois de rosier, souple et fragile.

V 14. — littéralement, Si je ne te vois pas pendant une semaine, je couperai les cordes du qamantcha.

Ode n° 24
V 9-10. — littéralement, Qui est-ce qui n'aime pas une amie ? Qu'as-tu fait ? Qu'est-ce cela ?
V 17-18. — littéralement, Tu transformas mes amis en ennemis, comment devenir ami avec ces ennemis ?

V 28. Selon H. Bakhtchinian, Sayat-Nova fait allusion à un conte qui narre les dix années d'errance d'un chevalier royal.

V 31-32. — littéralement, Sayat-Nova a dit : « Ô Cruelle, je n'appellerai pas cette mort la vraie mort ».

Ode n° 25
V 9. Ici, *Rubis* et *Perle* évoquent précisément le rubis et la perle d'Alexandre le Grand que le shah Nader ramena de sa campagne aux Indes.

V 11-12. La Dame louangée n'a ni crainte, ni peur du prince. Or, le roi Irakli II était connu comme un souverain sévère et sans pitié. Elle était sans aucun doute quelqu'un de très proche du roi.

Ode n° 26

Nazanie est une création de Sayat-Nova pour nommer la princesse royale - la sœur du roi Irakli II - Anne Batonachvili. Ce prénom est composé du mot étranger **naz**, signifiant charme, grâce, et du diminutif du prénom Anne.

V 5-8. Cette strophe donne quelques informations sur la vie de la princesse Anne Batonachvili. Elle est souvent comparée à une perle noble, faisant allusion à son lignage royal. Nous savons également que la reine-mère, la première épouse du roi Theïmouraz II, est morte jeune.

Ode n° 27

A la fin des strophes, le poète emploie le participe passé du verbe arménien *ouvrir* **batsarats** signifiant quelque chose d'accessible, de visible, pour celles et ceux qui veulent ou peuvent voir, entendre et comprendre.

V 3. *Recueil des récits sacrés*, — littéralement, **Asmavour** (en arménien classique **Haïsmavourq** est un recueil des textes liturgiques sur la vie des saints nationaux et chrétiens, en général) ou le Livre des Saints.

V 10. — littéralement, Tu changes tes vêtements trente fois dans la journée.

V 11. — littéralement, Quand tu danses, tu brilles comme le **houl** (mot étranger signifiant la pierre précieuse) de la bouche du serpent.

Il fait allusion au serpent d'un conte oriental qui gardait précieusement la pierre unique et recherchée sur sa langue, et pendant les nuits, il la faisait tournoyer et briller de mille feux.

V 19. — littéralement, Les trois vingt et dix (Trois fois vingt+10 soit 70 !) grains de beauté entourent ton visage.

Ode n° 28
V 4. — littéralement, C'est toi, l'Inde et l'Ethiopie, l'Arabie, le village de Qalat du Khorassan .

V 8, — littéralement, C'est toi, au visage-parchemin peint en or. Les enluminures arméniennes, depuis du Ve siècle, sont connues pour leur beauté.

V 10. — littéralement, Tu es ouverte une fois par an : l'objet rare du marché de Delhi.

V 11. Ici, *le maître* est utilisé dans le sens du mari.

Ode n° 29
D'après les spécialistes de Sayat-Nova, ce poème est chargé de détails autobiographiques concernant notamment son amour pour la princesse Anne Batonachvili, la sœur du roi.

V 1. — littéralement, Sachez que mon Amie et moi, nous avons été portés/amenés la même année.
Ici, le poète insinue l'année de 1744 ; il entre au palais du roi Irakli II (en Kakhéthie) comme chanteur-interprète, et la princesse royale Anne Batonachvili, la sœur du roi se marie précisément cette année-là au palais.
Le verbe arménien **berel** est polysémique :
1) amener, apporter, etc.
2) l'expression **erekha berel** signifie mettre au monde un enfant.
En arménien, on peut sans problème omettre le mot enfant et parler de l'enfantement, surtout quand on veut préciser l'année de l'accouchement. Donc, il est fort plausible que Sayat-Nova évoque ici le fait que la princesse et lui avaient le même âge. Ils se rencontrèrent la même année et au même endroit. Ces vers ont fait couler beaucoup d'encre.

V 5. — littéralement, Mon cœur s'affaiblit dans mon ventre par les blessures des perfides, des parjures.

V 12. — littéralement, Mon esprit et mes pensées ligotés par l'amour, moi, je suis par les eaux emporté, sachez-le !

V 13. — littéralement, Mon cœur est endeuillé dans mon ventre, mes yeux rougis pleurent.

Ode n° 30
V 1. Sayat-Nova emploie souvent l'image du cœur où le sang ne circule plus, ou encore le sang qui se transforme en eau.

V 17. **achour**, mot étranger signifiant troubadour, barde.

Ode n° 31
V 2. Les grains de beauté étaient à la mode. Les femmes se poudraient de blanc le visage, puis y dessinaient des grains de beauté.

V 13. — littéralement, Tes paroles sont très douces, et ta langue est du sucre, du **nabath** (mot étranger signifiant du sucre).

V 14. — littéralement, Ton maître (ton époux) que fera-t-il d'un jardin, car ton parfum est du basilic.

V 17. — littéralement, Même si on a fait toutes les louanges du monde, on n'a pas réussi à dire un dixième de tes qualités.

Ode n° 32
V 20. *fruits parfumés*, mot étranger **chamam** signifiant des petits melons ronds et parfumés.

Ode n° 33
V 1. **broyi** en géorgien signifie un rang, une rangée.

Ode n° 34
1757 est une des années les plus heureuses du poète. Il vivait de nouveau au palais, près de la femme dont il fut amoureux. Il avait reconquit la confiance et la protection de son roi.

Cette ode représente à merveille la création poétique et musicale de Sayat-Nova.

V 4. — littéralement, Viens au jardin avec le **naz** (mot étranger : le charme), que je te louange avec le **saz** (mot étranger : la lyre au sens général), **yar** (mot étranger : le ou la Bien-aimé(e), amie, ma mie, etc.) avec **ilthimaz** (mot étranger : prière, demande).

V 5. *lèvres délicieuses,* — littéralement, tes lèvres sont du **psta** (mot étranger : la pistache).

Ode n° 35
Bribes de pensées, idées morcelées, expression torturée. Ce poème exprime l'état d'âme du poète pendant les dernières années à la Cour, avant son exil définitif au monastère de Harpat.

Ode n° 36
Un hymne merveilleux à la gloire du Livre et de l'Écriture, de l'Éducation et de l'Humilité. Les connaissances font le salut de l'âme. Y cherchait-il éperdument la *sérénité* pour son âme torturée ?

V 14. — littéralement, Aie de l'humilité vis-à-vis des gens encore plus simples que toi.

V 17-18. — littéralement, Quelle chance tu auras Sayat-Nova, si tu fais cela ; Que tu donnes la moitié de ta vie corporelle pour le salut de ton âme.

Ode n° 37
Ce poème est une lettre adressée au roi Irakli II dont Sayat-Nova était le poète panégyrique.
Une première fois le poète fut envoyé en exil à Anzal en mars 1752, où il demeura jusqu'en mai 1754. Cette lettre-prière exprime la grande tristesse d'un homme exilé et son incompréhension face à une punition injustifiée. La fin de la lettre confirme la prise de conscience par le poète de la force de son écriture.

V 3-4. — littéralement, Ne nous compare pas à des choses imaginaires.

V 19-20. — littéralement, Même si sa vie est pénible, le serf ne s'opposera point à son maître.

V 23. *le crieur d'amour de Dieu* ; il existe toujours cette forme de mendicité où le mendiant explique être poussé à mendier par une révélation ou par la volonté divine.

Ode n° 38
V 8. — littéralement, Elle (la tige odorante) touche tes lèvres rouges, tes sourcils, quel bonheur pour tes yeux – océans.
Les yeux-océan du mot étranger **samandar** signifiant océan, et au sens figuré, les yeux-mer ou yeux-océan.

V 10. *maintes fois,* — littéralement, cent mille fois.

V 20. — littéralement, Quel bonheur pour le musicien de ta table, car ton accueil est merveilleux.

Ode n° 39
V 13. Ici, naturellement, l'image concerne les effets de la Dame. La plume de paon fait référence au trône historique orné de plumes de paon, laissé par le roi Khosroes Ier.

V 15. — littéralement, Laisse-moi tourner pleurant autour de toi comme le rossignol nostalgique de la rose.

V 20. — littéralement, Si seulement tu viens me voir, je me lèverai, à condition que tu sois digne de mon **saz** (mot étranger : la lyre), **aziz** (mot étranger : cher, précieux, aimé).

Ode n° 40
Ici, le mot *dépité,* signifie être chagriné, déçu, le fameux *despit amoureux.*
Le poète brosse des images de révolte et de déréliction.

V 4. — littéralement, Tu m'as fait passer par le tamis de ton amour ; c'est à moi d'être dépité de toi.

V 7. — littéralement, Il me semble que depuis quatre ans nulle caravane ne soit entrée en Ville. Ici, la ville est Tiflis.

V 18. — littéralement, La fonte des neiges a commencé ; le rossignol veut venir.

Ode n° 41

Ce poème fait partie de ses dix poèmes les plus populaires.
Sa mélodie est tout de suite reconnaissable par tout un peuple. Triste constat, lassitude, désespoir, voilà la description de l'injustice sociale de son époque. La clairvoyance et le courage de dénonciation ont sans aucun doute accéléré son bannissement définitif de la Cour.

Ode n° 42

Hymne à la Musique. Ici, le poète personnifie le qamantcha, son instrument de musique préféré.

V 1. *qamantcha* ; instrument musical à cordes, la vièle à cordes frottées avec un archet. Elle remplaça le luth.

V 2. *l'excellence* — littéralement dix, selon Pythagore, philosophe et mathématicien grec du VIe siècle avant J.-C., les nombres sont le principe et la source de toutes choses.
Le nombre dix symboliserait la perfection, l'excellence.

V 3-4. — littéralement, Le perfide ne peut te voir, car tu es un obstacle pour lui, qamantcha.
La pureté et la sincérité de la Musique aveuglent la perfidie. La bassesse de l'âme devient ainsi inaccessible au perfide.
V 31-32. — littéralement, Entouré de belles dames, tu es la moitié de la fête, Qamantcha.

Ode n° 43
V 4. Ici, le vase symbolise l'œuvre du poète comme étant quelque chose de fragile et de limpide.

Ode n° 44
V 15-16. — littéralement, Apposer un grain de beauté noir sur le front du Maure, à quoi bon ?

Dans la littérature persane, le noir était souvent comparé au visage sombre du Maure, tandis que le blanc au visage pâle du Grec ou bien dans le couple analogue ; l'Hindou, pour le noir et le Turc, pour le blanc *(Nezami « Le pavillon de sept princesses », traduction de Michael Barry, Gallimard, 2000, page 741).*

V 21-22. — littéralement, La Mort a harnaché le cheval à quatre têtes.

V 35-36. — littéralement, Quand on voit quelqu'un en vêtements usés, on ne demande pas : « Qui est cet homme ? »

Ode n° 45
Le poème est inachevé. Sans doute, l'église arménienne de St Georges de Tiflis a connu une restauration d'envergure pendant cette période-là.

V 11. *le reliquaire*, ici, il s'agit précisément du reliquaire où les Hébreux gardent leurs reliques les plus sacrées, telles les tables des Dix Commandements.

Ode n° 46
V 2. — littéralement, J'ai peur que le chagrin se fonde, c'est pour le chrême que je pleure.

Ode n° 47
Le dernier poème arménien écrit par le poète est celui-ci. Un poème entièrement et sans ambiguïté dédié à la Dame de son unique amour, au prénom d'Anna, issue de haute noblesse

géorgienne. Un des plus musicaux et des plus mystérieux sans doute, un de ceux qui laissent trace.

Le poète crée des prénoms pour sa Bien-aimée à partir du prénom Anna (**Anine**, forme déclinée du prénom Anna dans le dialecte arménien de Tiflis) et de divers mots arméniens et étrangers :

— **Lalanie**, composé du mot étranger **lal** ici signifiant rubis,
— **Yaranie**, composé du mot étranger **yar** ici signifiant amie, personne aimée,
— **Zayanie**, composé du mot étranger **zay** ici signifiant doux, délicieux,
— **Meranie**, composé du mot arménien **mer** ici signifiant la nôtre,
— **Massanie**, composé du mot étranger **mas** ici signifiant diamant.

Petit glossaire des noms propres

Aaron
Personnage biblique, frère de Moïse et premier grand prêtre des Hébreux.

Abel
Le benjamin d'Adam et d'Eve. Abel est pasteur et offre au Seigneur un agneau. Dieu préfère cette offrande à l'offrande de fruits de son frère. Caïn aveuglé par la jalousie tue son frère.

Abyssinie (voir Ethiopie)

Adam
Selon la Bible, le premier homme, créé par Dieu. Il lui désobéit et fut donc chassé du Paradis avec son épouse Eve.

Alexandre le Grand
Roi de Macédoine (Pella -356 / Babylone -323). Fils de Philippe II et d'Olympias, il est l'élève d'Aristote. Roi à l'âge de vingt ans, il construit un grand empire, de la Grèce en passant par la Perse vaincue et de la Mésopotamie à l'Inde.
Son courage et son intelligence sont racontés dans nombreuses œuvres historiques et littéraires ; dans l'ode n°25, par exemple, Sayat-Nova compare la beauté de la Dame aimée au rubis et à la perle du grand Alexandre.

Anna Batonichvili
Anna Batonachvili est la fille aînée du roi géorgien Theïmouraz II et la sœur d'Irakli II. Elle est née en 1722. Anna se marie en 1744 avec le prince Dimitri Orbéliani. L'année où Sayat-Nova rentre à la Cour comme poète panégyrique. Selon beaucoup de spécialistes de Sayat-Nova, il est fort vraisemblable que l'unique et inaccessible Bien-aimée du poète soit la princesse Anna Batonachvili.

Anzal
Une localité au bord de la mer d'Azov, mer bordière de la mer Noire. Sayat-Nova y fut exilé une première fois entre 1752-1754.

Arabie
Vaste péninsule constituant l'extrémité sud-ouest de l'Asie, entre la mer Rouge et le golfe Persique, nom commun donné à l'espace géographique arabe. Espace magique de rêves et de voyages.

Araxe
Fleuve d'Asie occidentale (994 km) qui prend sa source en Turquie orientale et sert de frontière entre la Turquie et l'Arménie, ainsi qu'entre l'Iran et l'Azerbaïdjan. L'Araxe se jette dans la Koura en Azerbaïdjan.

Badéchkhan
Une localité dans le massif montagneux d'Hindou Kouch, en Asie centrale (Afghanistan et Pakistan), connue pour ses gisements de rubis.

Bagratides
La dynastie des Bagratides a régné en Géorgie distinctement durant deux périodes : de 575 à 619 et de 787 jusqu'au XIXe siècle. Les Bagratides seraient, selon certains historiens de l'époque, des Juifs descendant de la 55ème génération du roi prophète Salomon (972-932 avant notre ère).
Les sources historiques arméniennes affirment également (*Moïse de Khorène, historien du Ve siècle, dans son livre « Histoire de l'Arménie »,* traduction de Annie et Jean-Pierre Mahé, Gallimard, 1993) le fait que les Bagratides seraient d'origine juive et seraient venus en Arménie peu après la prise de Jérusalem (–597 et –587) suite à l'effondrement du royaume de Juda causé par le roi Nabuchodonosor II, – 605 – 562. Il organisa la déportation des notables juifs selon la Bible *(Livre de Daniel, 1, 3)*. Cependant, il est impossible d'affirmer la véracité de ces faits. Les sources historiques n'ont pas laissé, et ne pouvaient pas laisser la généalogie de tous les descendants de Salomon. D'autres historiens avancent la thèse de leur origine iranienne (*Bagrat* signifiant

« dieudonné » en persan). Malgré l'absence de certitude quant aux origines réelles de cette famille royale, les Bagrationi géorgiens sont les cousins de la grande dynastie arménienne — les Bagratouni.

Dès le Xe siècle, le roi Bagrat III réunit la Géorgie occidentale et orientale. Le roi David le Constructeur reprend Tiflis aux Musulmans en 1122. La Grande Géorgie connaît son apogée sous le règne de la reine Thamar (1184-1213), renommée pour sa sagesse et pour sa beauté. Son royaume s'étend de la mer Noire à la Caspienne, du Caucase du Nord à l'Azerbaïdjan iranien, jusqu'à Erzeroum. Mais l'arrivée des Mongols ravage entièrement le pays.

Les invasions turque et perse au XVe siècle divisent les pays de la Transcaucasie entre la Perse et l'Empire turc.

Seule la famille royale bagratide sauvegarde une entité étatique géorgienne dans la partie orientale du pays. Elle adopte une stratégie de compromis et d'obéissance à l'égard des rois perses. Toutefois, elle cherche des issues politiques auprès des puissances européennes.

Les souverains perses mettent sur le premier plan la reconversion à l'islam. Les Bagrationi acceptent la conversion, afin d'obtenir une autonomie salutaire pour conserver l'identité et la culture géorgienne.

Byzance

Colonie grecque construite au VIIe siècle avant J.-C., sur le Bosphore, qui devint Constantinople, puis Istanbul.

Caïn *(voir Abel)*

Chiraz

Ville au sud-ouest de l'Iran connue pour ses jardins de roses et pour son artisanat, en particulier pour les objets en verre soufflé. Elle fut la capitale de l'Iran en deuxième partie du XVIIIe siècle.

Chirine *(voir Khosrov et Chirine)*

Crimée

Presqu'île de l'Ukraine, s'avançant dans la mer Noire et limitant la mer d'Azov.

Daghestan

République de la fédération de Russie. Le Daghestan fit partie de l'Empire russe dès la fin du XVIIIe siècle.

Delhi

Ville de l'Inde. Elle fut la capitale d'un grand royaume musulman de 1211 à 1556 et entre 1533-1858, elle devint la principale résidence des Grands Moghols. Depuis 1911, New Delhi est la capitale de l'Inde.

Eréclée ou Irakli II (1720 – 1798)

En 1736, il a 16 ans et participe déjà à la campagne des Indes de Nader shah. En 1739, il est de retour à Tiflis. En 1744, Théïmouraz II (1700-1762), le père d'Irakli II, est autorisé à rester chrétien et fut couronné suivant le rite chrétien. De plus, en 1746, le shah reconnaît officiellement la souveraineté de Theïmouraz II qui obtint l'autorité d'un roi indépendant.

L'assassinat de Nader en 1747 et les querelles à la cour perse diminuent l'influence de la Perse sur les khanats vassalisés. Les pillages réguliers par les nomades turcomans obligent les dirigeants des khanats solliciter l'aide d'Irakli II. Ainsi, à la deuxième moitié du XVIIIe siècle, il est un souverain respectable et puissant dans la région.

Irakli II reprend les négociations avec la Russie. Mais la guerre entre la Russie et la Prusse ralentit la réalisation du projet militaire russo-géorgien, et la mort de Theïmouaz II le 8 janvier 1762 met fin aux pourparlers.

En 1782, Irakli II reprend le chemin de rapprochement avec la Russie.

En 1792, il rejette le protectorat perse proposé par Agha Mehmet Khan, devenu le shah d'Iran. En 1795, très en colère, Agha Mehmet va vers Érévan, puis, prend d'assaut Karthlie et encercle Tiflis. Les dirigeants militaires russes ne prennent pas au sérieux les avertissements du roi géorgien à propos de l'attaque perse.

Tiflis subit dévastations, massacres, pillages et esclavage.

Irakli II décède le 11 janvier 1798.

La disparition d'Irakli II met fin à l'existence des deux royaumes orientaux. En 1801, après la mort du dernier prince Guiorgui XII, la Russie annexe facilement les deux royaumes.

Ethiopie
Pays d'Afrique orientale. *Æthiopia* (en grec, les visages brûlés) désignait en grec plusieurs régions africaines : Nubie, Soudan, Abyssinie, désert de Lybie.

Farhâd (voir Khosrov et Chirine)

Firdoussi
Le grand poète persan Abolqâsem Firdoussi a vécu entre 932/942 – 1020/1025, à Touz au Khorassan, en Iran oriental, dans une famille de la petite noblesse.
En 975, il entreprit, appuyé par les nobles de Touz, de réaliser son grand poème épique, *«Le Livre des Rois»* — Le *Shâhnâmeh*.
Il célébra la gloire de l'Iran et celle de la dynastie Samanide. C'est le récit poétique de l'histoire de ce pays depuis ses origines jusqu'à l'avènement de l'islam, le dernier roi sassanide, Yazdegerd III, vaincu par les Arabes.

Gharib
Le protagoniste du roman d'amour oriental *« Achour Gharib »*. Selon le récit, un jeune homme dans son rêve voit une jeune femme, Shahsaname, qu'il n'avait jamais rencontrée auparavant et il tombe amoureux d'elle. Il va à la recherche de cet amour promis par les saints, devenant ainsi *troubadour errant*, d'où son nom d'Achour Gharib. Après sept ans d'errance, il trouve enfin Shahsaname pour le grand bonheur de la jeune femme qui avait aussi dans son rêve déjà vu le jeune homme ; l'amour de sa vie.

Ismaïl Ier
Ismaïl Ier (1487-1524) est le fondateur de la dynastie des Safavides/ Séfévides. Issu d'une famille illustre, il groupe autour de lui plusieurs tribus chiites et prend le titre de Shah de Perse en 1501. En 1510, maître de la Perse, de l'Azerbaïdjan et de l'Irak, il se fait le propagateur du chiisme reconnu religion nationale.

Khorassan
Littéralement le « Levant » du monde persique, à l'époque médiévale désignait l'ensemble des territoires de langue persique. Région du nord-est de l'Iran. Le grand Khorassan fut le berceau des Parthes dans l'Antiquité.

Khosrov et Chirine
Le roi de Perse, Khosrov II Parwez « le Victorieux » [*Khosroès II*] *(591-628*), mena des guerres incessantes contre Byzance qui ruinèrent les deux empires et facilitèrent ainsi la future conquête musulmane du Proche-Orient et de la Perse en 635-637.
Il est le protagoniste du roman *« Khosrov et Chirine »* de Nezami, qui aime la princesse arménienne Chirine. Elle est renommée pour sa beauté et son intelligence. Leur amour connaît diverses entraves, et ils vivent des aventures inoubliables.
Une de ces aventures est liée avec Farhâd (Phraatès, nom donné souvent aux rois parthes), tailleur de pierre renommé qui tombe amoureux de Chirine, ne pouvant résister à ses charmes. Mais il se suicide en raison d'événements inattendus, d'autant plus qu'il échoua à conquérir le cœur de la belle princesse. L'histoire s'achève sur une fin heureuse ; le mariage des deux amants.

Leïla (voir Madjnoun et Leïla)

Lorman ou Luqman
Sage de la tradition arabe préislamique et médecin légendaire. On lui attribue un recueil de 41 fables fortement influencées par les œuvres de Syntipas et d'Esope.

Madjnoun et Leïla
C'est un fait autobiographique tiré de la vie du poète mystique Qaïs al-Amiri, mort probablement en 689. C'est l'histoire de son amour fou pour *Leïla* racontée dans deux romans en vers persans.
Au XIIe siècle, le grand poète perse Nezami (1141-1209) reprend la thématique et compose *Leïla et Madjnoun.*

Nader (1688-1747)
Le shah de la Perse (1736-1747), né près de Qalat, au Khorassan. Après avoir chassé les Afghans et réinstauré les Séfévides en Iran, il s'empara du pouvoir. Il conquit l'Afghanistan et envahit l'Inde des Moghols (1739). Il fut assassiné.

Ornân
Selon la Bible le roi David achète sous l'ordre divin le terrain du paysan Ornân pour y construire un autel et sauver son peuple du fléau envoyé par Yahvé (1, Chroniques 21,18-30).

Phalal ou Pahlul
Roi romanesque qui refuse le trône et la richesse pour devenir un vagabond, vendeur de sagesse. On lui attribue le surnom *Le Fou.*

Qalat
Village dans la région du Khorassan, considéré comme le berceau des poètes de langue persane, tel le grand poète Firdoussi.

Rostom Zal
Rostom est le héros principal de l'immense œuvre du grand poète perse Abolqâsem Firdoussi, dans le Livre des Rois — *Shâhnâmeh.* Rostom est un chevalier courageux, fort et loyal. Il est un juge sans faille. Cette qualité d'être incorruptible même en face des tentations de la force maléfique fait de lui un héros aimé et inégalé. Il sacrifie toute sa vie à la grandeur de sa patrie. Dans une lutte difficile avec son propre fils dont il ignore l'existence, il le poignarde en piétinant les règles du combat loyal, afin de sauvegarder son honneur du grand Rostom invincible. Il continue à protéger sa patrie, le cœur brisé par le chagrin d'un fils tué par sa propre main.

Saint Georges de Morni
Eglise arménienne à Tiflis.

Saint Jean (Karapet)
Il est un des premiers disciples de Jésus, il assiste à la Transfiguration et à la Passion. Selon la tradition il est mort à

Ephèse, et il lui est attribué le quatrième Evangile, l'Apocalypse et les trois Epîtres qui portent son nom.
Il est aussi selon la tradition de l'Orient chrétien le saint patron des troubadours.

Salomon
Roi d'Israël (de -972 à -932), fils de David. Son règne marque l'apogée de la puissance d'Israël.
Sa sagesse lui vaut son renom. On lui attribue le Cantique des cantiques, l'Ecclésiaste, les Proverbes, la Sagesse, une partie des Psaumes et des Odes apocryphes.

Shahsaname *(voir Gharib)*

Sanahine
Au XVIIIe siècle cette région de l'Arménie faisait partie du royaume géorgien. La mère de Sayat-Nova était originaire de cette région. Il est né et a probablement fréquenté l'école paroissiale de Sanahine.

Sept Sages
Nom donné selon les Grecs à des philosophes et à des tyrans du VIe s. avant J.-C., à qui l'on attribuait des maximes devenues très populaires à l'époque hellénistique. La liste des Sept Sages varie selon les historiens, mais les noms les plus souvent cités sont : Thalès de Milet, Pittacos de Mytilène, Bias de Priène, Cléobule de Lindos, Périandre de Corinthe, Chilon de Lacédémone et Solon d'Athènes.

Soufisme
Mysticisme musulman du VIIIe s. Les *soufis* (porteurs de laine) étaient appelés aussi *fuqara* (pauvres [d'esprit]). Ils se fondaient sur plusieurs passages du Coran. Ils faisaient une interprétation allégorique du Coran.
Dans leur doctrine plusieurs traces d'influences chrétiennes, zoroastriennes et hindoues. Ils adoptèrent par la suite, des concepts néoplatoniciens ainsi que la doctrine plotinienne de l'émanation : le monde, miroir reflétant l'être divin, n'est qu'apparence. Pour y

échapper, il faut parvenir ainsi à l'anéantissement (*al-fanã*) de sa personnalité propre dans l'être divin, seule réalité (*al-Haqq*), et s'absorber en lui.
Chaque ordre était dirigé par un maître (*shaïkh*).

Tiflis
Selon les sources historiques géorgiennes, la ville de Tiflis ou Tbilissi vient du mot *tbili* qui signifie en géorgien *« les eaux thermales ou tièdes »*. Elle a été fondée sur les ruines d'une forteresse païenne, et d'ailleurs, les fouilles archéologiques ont confirmé la présence de l'homme sur cet espace dès les IVe-IIIe millénaires avant J.-C.
Une légende raconte qu'à la fin du Ve siècle, le roi Vakhtang Gorgassali pendant une partie de chasse voit son faucon préféré tomber avec sa proie dans les eaux chaudes et ainsi décide de fonder une ville en lui donnant le nom « tbili » et puis, transfère sa capitale de Mtskheta à Tiflis.
Si à cause de son emplacement géographique, la ville connaît au cours des siècles invasions et guerres, mais également grâce à cet emplacement, elle a la prospérité et l'épanouissement culturel, unique dans toute la région.
Elle devient la capitale de la République de la Géorgie au sein de l'Union Soviétique.
Au début des années 1990, la Géorgie réclame son indépendance.

Transcaucasie
La partie sud du Caucase comprenant l'Arménie, l'Azerbaïdjan et la Géorgie. Au XVIIIe siècle, la Transcaucasie fut divisée entre la Turquie ottomane (à l'ouest) et la Perse (à l'est).

Trône de Thovouz (*Thovouzi thakht*, littéralement trône fait de plumes de paon)
Selon les spécialistes de Sayat-Nova, il s'agit du trône orné de plumes de paon qui appartenait au roi perse Khosroès I (531-579).
En 1739, suite à sa campagne en Inde, Nader shah rentre victorieux en Perse, en ramenant dans son butin le trône de Thovouz, ainsi que le rubis et la perle légendaires d'Alexandre le Grand. Il les place à Hérat.

Vakhtang VI (1675 – 1737)

Il règne à Karthlie à partir de 1703 comme substitut du shah, car il refuse d'embrasser l'islam.

A partir de 1710, il renoue des contacts avec la Cour de Louis XIV. Malheureusement, la mort du roi français en 1715 met fin à tous ses espoirs.

Il cherche un soutien auprès la monarchie russe. Selon l'accord militaire et politique conclu entre le tsar Pierre le Grand et Vakhtang VI en 1722, les troupes russes et l'armée géorgienne composée des Géorgiens et des Arméniens devaient attaquer l'Iran pour libérer les royaumes géorgiens et assurer la présence russe dans la région. Mais les mauvaises conditions du passage et les maladies stoppèrent la campagne russe au seuil du Caucase et l'envoyèrent aux calendes grecques.

Furieux, le shah reprend Tiflis en 1723 et remet le royaume de Kathlie à Constantin, roi de Kakhéthie converti à l'islam. Vakhtang VI prend la route de l'exil. Il est mort et enterré à Astrakhan, en Russie.

A partir de 1762, les deux royaumes, Karthlie et Kakhéthie, sont unis sous le règne du roi souverain et chrétien, Irakli II.

Quelques livres de référence

«*L'Histoire de la Géorgie. Depuis l'Antiquité jusqu'au XIX*[e] siècle» traduite par Marie-Félicité Brosset, Deuxième partie, Histoire moderne, St Pétersbourg, 1856.

Léo « *Haïoths patmouthïoun* » (Histoire de l'Arménie), tome 3, Érévan, 1946.

Morous Hasratian « *Sayat-Nova, haïérén, vratsérén, adrbedjanérén kharéi jorovatsou* » (Sayat-Nova, Le recueil des odes arméniennes, géorgiennes, azéries), Érévan, 1962.

Parouïr Sévak « *Sayat-Nova, Ménagrouthioun* » (Sayat-Nova, Essai), Érévan, 1962.

Henrik Bakhtchinian « *Sayat-Nova, Kianqe év gortse* » (Sayat-Nova, La vie et l'œuvre), Érévan, 1988.

Henrik Bakhtchinian « *Sayat-Nova, Kharér* » (Sayat-Nova, Les odes), Érévan, 2003.

Joseph Pitton de Tournefort « *Voyage d'un botaniste* (XVIIIe siècle) », Découverte, Paris, 1982.

La Bible, traduction d'Emile Osty, Editions du Seuil 1973.

Edouard Aghayan « *Ardi haïéréni bathsatrakan bararan* » (Dictionnaire de l'arménien contemporain), Érévan, 1976.

« *Nor barguirq haïkazéan lézvi* » (Nouveau dictionnaire de la langue arménienne), Venise, imprimerie de St-Lazare, 1836, réédition Érévan, 1979.

« *Dictionnaire des symboles* », Editions Laffont 1982.

« *Histoire de l'Arménie* » par Moïse de Khorène, traduction de Annie et Jean-Pierre Mahé, L'aube des peuples, Gallimard 1993.

« *Dictionnaire universel des littératures* », Sous la direction de Béatrice Didier, P.U.F. 1994.

Nodar Assatiani, Alexandre Bendianachvili, « *Histoire de la Géorgie* », L'Harmattan 1997.

Charles Dowsett « *Sayat-Nova, An 18th century troubadour, An Biographical and Literary study* », Lovanii in Aedibus Peeters 1997.

Majnûn « *Le Fou de Laylâ* », traduit de l'arabe par André Miquel, Sindbad, Actes Sud 1998.

Nezami « *Le Pavillon des sept princesses* », traduit du persan par Michael Barry, Connaissance de l'Orient, Gallimard 2000.

TABLE

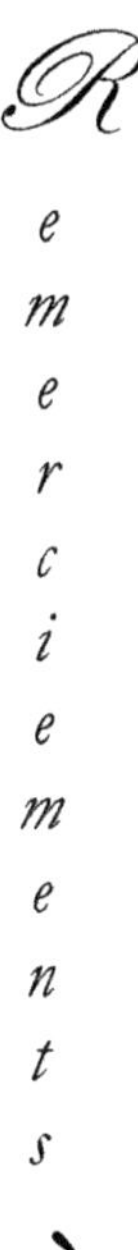

à

Chantal Tiffou,
Nadine Leroy,
Alice Aslanian,
Armen Samuelian,
Jean-Pierre Mahé,
aux frères Tchavouchian
Benjamin, Kiparis et Claude,
ainsi qu'à
Henrik Bakhtchinian,
Emmanuelle Moysan
Julie Lecomte

&

Philippe Tancelin.

Poètes des Cinq Continents

En hommage à Geneviève Clancy qui l'a dirigée de 1995 à 2005. La collection est actuellement dirigée par Philippe Tancelin et Emmanuelle Moysan

La collection *Poètes des Cinq Continents* non seulement révèle les voix prometteuses de jeunes poètes mais atteste de la présence de poètes qui feront sans doute date dans la poésie francophone. Cette collection dévoile un espace d'ouverture où tant la pluralité que la qualité du traitement de la langue prennent place. Elle publie une quarantaine de titres par an.

Déjà parus

426 – Frantz MYNARD, *Fantasia,* 2006.
425 – Youssef HADDAD, *Au deçà de là,* 2006.
424 – Paul Henri LERSEN, *Maât. L'oeil noir des mots,* 2006.
423 – Hafid GAFAITI, *La gorge tranchée du soleil/the slit throat of the sun,* 2006.
422 – William SOUNY, *Sèt Po,* 2006.
421 – Anne de COMMINES, *Le dé chiffré* suivi de *Nos arabesques d'argile*, 2006.
420 – Jean-Dominique PENEL, *Kya*, 2006.
419 – Marcel MIGOZZI, *Des traces dispersées,* 2006.
418 – Jean-François ROGER, *Neige Carcérale*, 2006.
417 – Rabah SOUKEHAL, *Poèmes pour ne plus rêver*, 2006.
416 – Philippe TANCELIN, *Les fonds d'éveil*, 2006.
415 – Geneviève CLANCY, *Aphorismes*, 2006.
414 – J. J. WECKSELL, *D'amour, de mort (choix de poèmes)*, 2005.
413 – Bertrand MAZABRAUD, *Deir el-Nessyan, le village de l'oubli*, 2005.
412 – Dan VIMARD, *Lent, douloureux, triste et grave, suivi de, Silences à écouter. Les passerelles de l'hiver*, 2005.
411 – Chehem WATTA, *Ô Perle sur la langue. Routes pour le monde*, 2005.
410 – Pierre GOLDIN, *Arborescences*, 2005.
409 – Patricia BRUNEAUX, *L'exil*, 2005.
408 – Daniel LEDUC, *Poétique de la parole*, 2005.
407 – Jacques DOUTÉ, *Les Anciens Combattants*, 2005.

646273 - Mars 2016
Achevé d'imprimer par